हिन्द पॉकेट बुक्स

वेनिस का सौदागर

विलियम शेक्सपियर अंग्रेज़ी के कवि, नाटककार तथा अभिनेता थे। उनके नाटकों का लगभग सभी प्रमुख भाषाओं में अनुवाद हुआ है।

शेक्सपियर में अत्यंत उच्च कोटि की सर्जनात्मक प्रतिभा थी और साथ ही उन्हें कला के नियमों का सहज ज्ञान भी था। प्रकृति से उन्हें मानो वरदान मिला था अत: उन्होंने जो कुछ छू दिया वह सोना हो गया। उनकी रचनाएँ न केवल अंग्रेज़ जाति के लिए गौरव की वस्तु हैं वरन् सारी मानव जाति की भी अमर विभूति हैं। शेक्सपियर की कल्पना जितनी प्रखर थी उतना ही गंभीर उनके जीवन का अनुभव भी था। अत: जहाँ एक ओर उनके नाटकों तथा उनकी कविताओं से आनंद की उपलब्धि होती है वहीं दूसरी ओर उनकी रचनाओं से हमको गंभीर जीवन-दर्शन भी प्राप्त होता है। विश्व-साहित्य के इतिहास में शेक्सपियर के समकक्ष रखे जानेवाले विरले ही कवि मिलते हैं।

वेनिस का सौदागर

शेक्सपियर

अनुवादक

रांगेय राघव

हिन्द पॉकेट बुक्स

पेंगुइन रैंडम हाउस इम्प्रिंट

हिन्द पॉकेट बुक्स

यूएसए | कनाडा | यूके | आयरलैंड | ऑस्ट्रेलिया | सिंगापुर
न्यू ज़ीलैंड | भारत | दक्षिण अफ्रीका | चीन

हिन्द पॉकेट बुक्स, पेंगुइन रैंडम हाउस ग्रुप ऑफ़ कम्पनीज़ का हिस्सा है,
जिसका पता global.penguinrandomhouse.com पर मिलेगा

पेंगुइन रैंडम हाउस इंडिया प्रा. लि.,
चौथी मंजिल, कैपिटल टावर -1, एम जी रोड,
गुड़गांव-122002, हरियाणा, भारत

पेंगुइन
रैंडम हाउस
इंडिया

प्रथम हिन्दी संस्करण हिन्द पॉकेट बुक्स द्वारा 1963 में प्रकाशित
यह हिन्दी संस्करण हिन्द पॉकेट बुक्स में पेंगुइन रैंडम हाउस द्वारा 2022 में प्रकाशित

10 9 8 7 6 5 4 3 2

इस पुस्तक में व्यक्त विचार लेखक के अपने हैं, जिनका यथासंभव तथ्यात्मक
सत्यापन किया गया है, और इस संबंध में प्रकाशक एवं सहयोगी
प्रकाशक किसी भी रूप में उत्तरदायी नहीं हैं।

ISBN 9789353497040

मुद्रकः रेप्रो इंडिया लिमिटेड

www.penguin.co.in

MIX
Paper from
responsible sources
FSC® C047271
FSC
www.fsc.org

This is a legitimate digitally printed version of the book and therefore might not have certain extra finishing on the cover.

शेक्सपियर

विश्व-साहित्य के गौरव, अंग्रेज़ी भाषा के अद्वितीय नाटककार शेक्सपियर का जन्म 26 अप्रैल, 1564 ई० में स्ट्रैटफोर्ड-आन्-ऐवोन नामक स्थान में हुआ। उसकी बाल्यावस्था के विषय में बहुत कम ज्ञात है। उसका पिता एक किसान का पुत्र था, जिसने अपने पुत्र की शिक्षा का अच्छा प्रबन्ध भी नहीं किया। 1582 ई० में शेक्सपियर का विवाह अपने से आठ वर्ष बड़ी ऐनहैथवे से हुआ और सम्भवतः उसका पारिवारिक जीवन सन्तोषजनक नहीं था। महारानी एलिज़ाबेथ के शासनकाल में 1587 ई० में शेक्सपियर लन्दन जाकर नाटक-कम्पनियों में काम करने लगा। हमारे जायसी, सूर और तुलसी का प्रायः समकालीन यह कवि यहीं आकर यशस्वी हुआ और उसने अनेक नाटक लिखे, जिनसे उसने धन और यश दोनों कमाये। 1612 ई० में उसने लिखना छोड़ दिया और अपने जन्मस्थान को लौट गया और शेष जीवन उसने समृद्धि तथा सम्मान से बिताया। 1616 ई० में उसका स्वर्गवास हुआ।

इस महान नाटककार ने जीवन के इतने पहलुओं को इतनी गहराई से चित्रित किया है कि वह विश्व-साहित्य में अपना सानी सहज ही नहीं पाता। मारलो तथा बेन जानसन जैसे उसके समकालीन कवि उसका उपहास करते रहे, किन्तु वे तो लुप्तप्राय हो गए, और यह कविकुल-दिवाकर आज भी देदीप्यमान है।

शेक्सपियर ने लगभग 36 नाटक लिखे हैं, कविताएं अलग। उसके कुछ प्रसिद्ध नाटक हैं—जूलियस सीज़र, ऑथेलो, मैकबैथ, हैमलेट,

लियर, रोमियो जूलियट (दुःखान्त); ग्रीष्म-मध्यरात्रि का स्वप्न, वेनिस का सौदागर, बारहवीं रात, तिल का ताड़ (मच एडू अबाउट नथिंग), शीतकाल की कथा, तूफान(सुखान्त)। इनके अतिरिक्त ऐतिहासिक नाटक हैं तथा प्रहसन भी हैं। प्रायः उसके सभी नाटक प्रसिद्ध हैं।

शेक्सपियर ने मानव-जीवन की शाश्वत भावनाओं को बड़े ही कुशल कलाकार की भांति चित्रित किया है। उसके पात्र आज भी जीवित दिखाई देते हैं। जिस भाषा में शेक्सपियर के नाटकों का अनुवाद नहीं है, वह उन्नत भाषाओं में कभी नहीं गिनी जा सकती।

भूमिका

'मर्चेण्ट ऑफ वेनिस' ('वेनिस का सौदागर') का विषय शेक्सपियर के पूर्व ही व्यवहृत हो चुका था—इसका पता समसामयिक सूत्रों से भली प्रकार चलता है। इसके कथानक की रूपरेखा सर जियोवानी फिओरेण्टिनो की इटैलियन पुस्तक 'इल पेकोरोन' से बहुत कुछ साम्य रखती है। उपलब्ध सामग्री से यह ज्ञात होता है कि शेक्सपियर ने अपने इस नाटक की रचना सन् 1598 से पूर्व की थी। इसकी कथावस्तु भी शेक्सपियर को एक ऐसे देश से प्राप्त हुई जिसका प्रभाव एलिज़ाबेथ-कालीन इंगलैंड की संस्कृति पर प्रभूत माला में पड़ा था।

'मर्चेण्ट ऑफ वेनिस' की कथावस्तु नितांत रोचक है। वेनिस शहर का एक सुन्दर और सजीला नौजवान बैसैनियो तीन 'कास्केट्स' (जवाहरात और शव की राख रखने वाले बक्सों) को प्राप्त करने के लिए अपना भाग्य आज़माने बेलमोण्ट तक की यात्रा को जाने के लिए उत्सुक है क्योंकि इन तीन पिटारों पर अपना भाग्य आज़मा लेने पर ही वह सुन्दरी पोर्शिया के हृदय को जीत सकने में समर्थ हो सकता है। बैसैनियो स्वभावतः बड़ा खर्चीला है और अपने धन को पानी की तरह बहाता है। अतः जब बेलमोण्ट की यात्रा पर जाने के लिए उसे धन की आवश्यकता पड़ती है तो वह अपने ऐण्टोनियो नाम के एक व्यापारी मित्र से धन उधार मांगता है। किन्तु ऐण्टोनियो का सारा धन व्यापार

में लगा होने के कारण समुद्र पर जहाज़ में था, जिससे वह अपने पास से उसे न देकर शाइलॉक नामक एक यहूदी से तीन हज़ार स्वर्णमुद्राएं कर्ज़ दिला देता है। कर्ज़ लेते समय कितना आश्चर्यजनक 'तमस्सुक' (बॉण्ड) भरा जाता है, बैसैनियो को अपने लक्ष्य की प्राप्ति में कहां तक सफलता प्राप्त होती है और वह कैसे निश्चित समय पर शाइलॉक का कर्ज़ चुकाने में असमर्थ रहता है तथा उसका मित्र ऐण्टोनियो किस प्रकार दुर्भाग्य की क्रूर लपेट में आता है एवं इस भयानक परिस्थिति से किस प्रकार पोर्शिया इनकी रक्षा करती है—यही सब 'मर्चेण्ट ऑफ वेनिस' में वर्रिणत है।

'मर्चेण्ट ऑफ वेनिस' शेक्सपियर के नाटकों में अन्यतम है और अत्यन्त लोकप्रिय हुआ है।

—रांगेय राघव

पात्र-परिचय

वेनिस का ड्यूक		
मोरक्को का राजकुमार	}	पोर्शिया के प्रेमी
अरागोन का राजकुमार	}	पोर्शिया के प्रेमी
ऐण्टोनियो	:	एक व्यापारी
बैसैनियो	:	ऐण्टोनियो का मित्र और पोर्शिया का प्रेमी
सैलैनियो	}	ऐण्टोनियो और बैसैनियो के मित्र
सैलैरिनो	}	ऐण्टोनियो और बैसैनियो के मित्र
ग्रेशियानो	}	ऐण्टोनियो और बैसैनियो के मित्र
सैलैरियो	}	ऐण्टोनियो और बैसैनियो के मित्र
लौरेन्ज़ो	:	जैसिका का प्रेमी
शाइलॉक	:	एक धनवान यहूदी
ट्यूबॉल	:	एक यहूदी : शाइलॉक का दोस्त
लॉन्सलौट गोब्बो	:	शाइलॉक का सेवक
वृद्ध गोब्बो	:	लॉन्सलौट का पिता
लियानॉर्डो	:	बैसैनियो का सेवक
स्टीफेनो	}	पोर्शिया के सेवक
बालथाजर	}	पोर्शिया के सेवक

पोर्शिया	: एक धनी कन्या, उत्तराधिकारिणी
नरिसा	: पोर्शिया की अंतरंग सेविका
नंसिका	: शाइलॉक की पुत्री

[न्यायालय का क्लर्क, वेनिस के रईस, न्यायालय के अफसर, बंदीगृह का अध्यक्ष, पोर्शिया के सेवक एवं अन्य दर्शक इत्यादि]

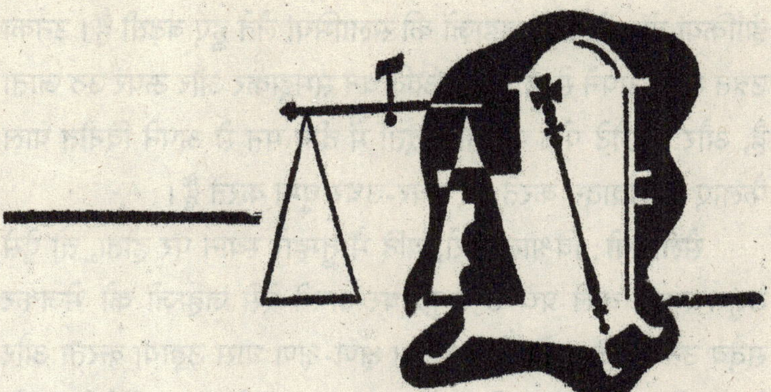

पहला अंक

दृश्य 1

[वेनिस-पथ]

[ऐण्टोनियो, सेलैरिनो और सैलैनियो का प्रवेश]

ऐण्टोनियो: सच कहता हूं, मैं नहीं जानता, मैं इतना उदास क्यों हूं। यह उदासी मुझे खाये जा रही है, यहां तक कि इससे तुम्हारा मन भी बोझिल होने लगा है। किंतु मैं स्वयं नहीं जानता कि आखिर यह है क्या। क्यों घेर लिया है इसने मुझे, क्यों छा गई है यह वेदना मुझपर! मैं तो जानता भी नहीं कि अचानक हो इसका उदय कैसे हो गया! आह! इस विषाद ने मुझे ऐसी व्यापकता से ग्रस लिया है, मेरी चेतना को ऐसा पराभूत कर दिया है कि मैं तो अपने-आपको भी सरलता से पहचान तक नहीं पाता!

सैलैरिनो: तुम्हारा मन समुद्र की लहरों के थपेड़े खा रहा है; वहां, जहां दीर्घ पालों वाले तुम्हारे विशाल जहाज़ वैभव और गौरव से उन्मत्त तरंगों पर ऐसे चला करते हैं, जैसे वे सागर की भव्य शोभा-यात्रा की

झांकियां हों, जो छोटे जहाज़ों की सलामियां लेते हुए बढ़ती हैं। उनका उन्नत शीश अपने से छोटों को अकिंचन समझकर और ऊपर उठ जाता है, और वे छोटे पोत अपनी क्षुद्रता में दीन मन से अपने विनीत पाल फैलाए अभिवादन करते हुए इधर-उधर घूमा करते हैं।

सैलैनियो: विश्वास करो, यदि मैं तुम्हारे स्थान पर होता, तो ऐसे उत्तुंग लहरों वाले प्रचण्ड समुद्र पर अपने ऐसे जहाज़ों को भेजकर सदैव उनकी चिंता से ग्रस्त रहता। क्षण-क्षण घास उड़ाया करता और देखता कि हवा का रुख किधर है। हर क्षण नक्शों पर रहतीं मेरी आंखें, और बन्दरगाहों और समुद्र-तीर के नगरों को ढूंढ़ा करता; जहां-जहां मेरे जहाज़ों को तूफान और खतरों में शरण मिल सकती, उनको ही देखा करता।

सैलैरिनो: अगर मैं अपने शोरबे को फूंक मारकर ठंडा करता होता, तो मुझे याद आ जाती उन भयानक तूफानों की जो मेरे जहाज़ों को नुकसान पहुंचा सकते और बस इस विचार से ही मेरे तो रोंगटे खड़े हो जाते! कभी अगर मेरी नज़र बालू-घड़ी के बीतते हुए घंटों पर आती, तो तुरंत मुझे ध्यान आ जाता उन मछलियों के झुण्डों और रेतीले समुद्री किनारों का जिनमें बहुमूल्य वस्तुओं से लदे जहाज़ जाकर फंस जाते हैं और ऊंचे-ऊंचे मस्तूल भी झुक जाते हैं; वहीं उनकी कब्र बन जाती है और वे सदैव के लिए विनष्ट हो जाते हैं। कभी मैं गिरजे में जाता और उपासना-स्थल की पत्थर की इमारत को देखता तो मुझे फौरन समुद्र में डूबी हुई उन भयानक चट्टानों का खयाल आ जाता जिनकी एक मामूली टक्कर से टकराकर मेरे जहाज़ खंड-खंड हो जाते और उनकी बहुमूल्य सामग्री और रेशमी माल इत्यादि टूट-टूटकर, नष्ट-भ्रष्ट होकर लहरों पर

बिखर-बिखरकर बहने लगते। वे जोकि अपार संपत्तियुक्त होते, वे ही केवल विध्वंस-माल बच रहते। यदि अपने जहाज़ों पर टूटने वाली इन विपत्तियों का मैं विचार करता रहता तो ऐसे विनाशजन्य विषाद ने मुझे भी सदा के लिए आक्रान्त कर लिया होता। तुम नहीं कह सकते ऐण्टोनियो! कि मेरी कल्पना अनुचित है। मैं पक्की तरह से कह सकता हूं कि इन जहाज़ों की चिंता ने ही तुम्हें इतना उदास बना दिया है।

ऐण्टोनियो: मेरा विश्वास करो कि यह गलत है। यह मेरा सौभाग्य ही समझो कि मैंने अपना सारा कीमती माल एक ही जहाज़ में नहीं लादा, न मेरे सब जहाज़ कहीं एक ही जगह गये हैं। इस वर्ष के व्यापार पर मेरा भाग्य बिलकुल निर्भर नहीं है। मुझे समुद्र पर गए अपने जहाज़ों की तो तनिक भी चिंता नहीं हो रही है।

सैलैरिनो: यदि ऐसा है तो तुम्हारे दुःख में पड़े रहने का कारण यही है कि तुम्हें प्रेम की पीड़ा हो रही है।

ऐण्टोनियो: क्या ऊटपटांग बात है!

सैलैरिनो: ऊटपटांग तो यह है कि तुम्हारी उदासी का कारण न व्यापार है, न प्रेम ही। तब एक ही बात कही जा सकती है कि तुम्हारा दिल खुश नहीं है और यदि तुम उदास न होते तो आनन्द से चंचल हो उठते। द्विशिरस् देवता जेनस की शपथ! प्रकृति ने भी अपने क्षेत्र में कैसी-कैसी विचित्रतामों का निर्माण किया है! कुछ में तो ऐसी मस्ती भरी रहती है कि वे हर समय हर बात पर हंसते रहते हैं, यहां तक कि वे बिला वजह, बिला तुक किसी मशक-बाजा बजाने वाले को ही देखकर हंस सकते हैं, जैसे तोते किलकिलाया करते हैं। और कुछ ऐसे होते हैं कि चेहरे पर गम छाया

रहता है और ऐसी बातें कि जो कथाओं में वर्णित यूनान के गंभीरतम व्यक्ति नेस्टर को भी हंसा देतीं, उन्हें विचलित नहीं करतीं। यह भी नहीं कि ज़रा मुस्कराते में उनके दांत ही दीख जाएं! मजाल है!

सैलैनियो: यह लो! ग्रेशियानो और लौरेन्ज़ो के साथ तुम्हारा कुलीन बंधु बैसैनियो आ रहा है। अच्छा हमें विदा दो, हम तुम्हें कहीं अच्छा संग देकर जा रहे हैं।

सैलैरिनो: मैं तो तब तक रुकता जब तक तुम्हें हंसा न देता, किंतु अब तुम्हारे योग्यतम मित्र आ गए हैं।

ऐण्टोनियो: तुम दोनों का मूल्य मेरे लिए किसी भी रूप में कम नहीं है। मुझे तो ऐसा लगता है कि तुम्हें इस समय कहीं कोई काम है और तुमने निकल जाने का यह अवसर ढूंढ़ लिया है।

[बैसैनियो, लौरेन्ज़ो और ग्रेशियानो का प्रवेश]

सैलैरिनो: नमस्कार! श्रीमन्तो! नमस्कार!

बैसैनियो: आह, मेरे अच्छे दोस्तो! कब आएगा वह समय जब हम कभी मिलकर आनंद मनाएंगे? इतनी जल्दी हमें छोड़कर क्यों जा रहे हो? ऐसा लगता है जैसे तुम तो हमारे लिए बिलकुल अजनबी होते जा रहे हो! क्या ऐसा करना उचित है?

सैलैरिनो: फिर कभी तनिक अवकाश में हम अवश्य उपस्थित होंगे। इस समय क्षमा करना।

[सैलैरिनो और सैलैनियो का प्रस्थान]

लौरेन्ज़ो: प्रिय श्रीमन्त बैसैनियो! अब ऐण्टोनियो आपको मिल ही गए हैं, तो हम भी जाते हैं। लेकिन रात को खाते समय... मेहरबानी करके भूल न जाना, याद है न आपको कहां पहुंचना है?

बैसैनियो: मैं ज़रूर पहुंच जाऊंगा तुम्हारे यहां।

ग्रेशियानो: श्रीमन्त ऐण्टोनियो! क्या बात है? तबियत ठीक नहीं है? लगता है कि दुनियादारी के जंजालों ने बहुत अधिक जकड़ लिया है आपको! यह याद रखना कि जो सारी चिंता की कीमत देकर इसे खरीदते हैं, वे बाकी सब कुछ खो देते हैं। विश्वास करना! बहुत-बहुत बदले हुए दिखाई देते हो।

ऐण्टोनियो: ग्रेशियानो! मैं तो दुनिया को जैसी देखता हूं न, वैसी ही स्वीकार कर लेता हूं। यह संसार एक रंगमंच है, जहां हर कोई अपने भाग का अभिनय करता है, और यह मेरा दुर्भाग्य है कि मुझे दुःख का भाग प्राप्त हुआ है।

ग्रेशियानो: मैं तो विदूषक बनूंगा। हंसते-खेलते ही बूढ़ा हो जाना चाहता हूं। आनंद और हास्य ही मेरे चेहरे पर झुरियों का ताना-बाना बुनें, न कि चिन्ताएं। मेरे जिगर को शराब की भभक गर्म रखे यही अच्छा है बनिस्बत इसके कि सर्द आहें मेरे दिल को ठंडा कर दें, कराहें मेरी रगों को भिगो दें। ये चीज़ें तो ज़िन्दगी को तबाह कर देती हैं। एक स्वस्थ युवक, जिसकी नसों में स्फूर्ति और शक्ति धड़कती है, उसे ऐसा पीला पड़ जाने का कारण? जैसे अपने परदादा की संगमर्मर की मूर्ति हो; ठंडी, निर्जीव! क्यों न उनमें जीवन गमका करे? चिड़चिड़ाहट की रफ्तारों में आखिर क्यों वह एक दिन पीलिया का शिकार बनकर ही रहे? सच मानो ऐण्टोनियो! मैं तुमसे प्रेम के नाते ही कहता हूं कि इस दुनिया में आदमियों की एक ऐसी किस्म भी है कि उनके चेहरों पर ऐसा स्थिर, जड़ और अपरिवर्तनशील भाव बना रहता है जैसे किसी शांत, गतिहीन तालाब के पानी की सतह पर गंदी काई जम जाती है। वे जान-बूझकर गंभीर बनते हैं और चुप बने रहते हैं ताकि उन्हें यह सस्ता यश मिल जाए कि वे बड़े बुद्धिमान्

हैं, बड़े गंभीर हैं, और उनमें विचारों की बड़ी गहराई है। कभी-कभी बोलकर वे ऐसा खयाल पैदा करने की कोशिश करते हैं जैसे जब वे बोलते हैं तो कोई पैगम्बर बोलता है, जिसको कोई काटने की हिम्मत न करे और उनकी बात को ज्यों का त्यों स्वीकार कर लिया जाए। लेकिन मेरे ऐण्टोनियो! ऐसों का यश तो सिर्फ इस बात पर निर्भर करता है कि वे हठ करके मौन साधे रहते हैं। और मुझे विश्वास है कि अगर वे बोल जाएं तो समझो कि गज़ब की बेवकूफी ज़ाहिर हो और सुनने वाले तुरंत उनको मूर्ख ही समझें। इस बारे में हम फिर कभी बातचीत करेंगे। लेकिन व्यर्थ क्या चक्कर में पड़े हो! वह यश तो कमाने योग्य भी नहीं है जो मूर्खों में भले ही स्तुत्य हो, मगर दुःख के लासे से ऐसे यश की मछली पकड़ना इस लायक काम तो नहीं कि उसमें उलझे रहा जाए! चलो, मित्र लौरेन्ज़ो! भोजन के उपरान्त फिर मैं अपनी बात समाप्त करूंगा।

लौरेन्ज़ो: तो फिर खाने के वक्त तक के लिए हम जा रहे हैं। मुझे लगता है कि मुझे भी वैसा ही मौन बुद्धिमान् बनने को विवश होना पड़ेगा जिसका अभी ग्रेशियानो ने वर्णन किया है, क्योंकि यह आदमी इतना बातूनी है कि मुझे मुंह खोलने का मौका ही नहीं देता।

ग्रेशियानो: सच कहता हूं, दो साल और मेरे साथ रह लो, तुम अपनी आवाज़ भी पहचानना भूल जाओगे!

ऐण्टोनियो: अच्छा विदा! जो कुछ ग्रेशियानो ने कहा है उसे अपने विचार में रखते हुए अब भविष्य में अधिक बोलने का अभ्यास करूंगा।

ग्रेशियानो: क्या बात कही है! वाह! शाबाश! चुप रहना तो एक खुश्क ज़बान के बैल के लिए ही तारीफ की चीज़ हो सकती है!

[ग्रेशियानो और लौरेन्ज़ो का प्रस्थान]

ऐण्टोनियो: क्या कह गया यह तमाम सब!

बैसैनियो: न कुछ, पर जितना ज़्यादा ग्रेशियानो बोल सकता है, वेनिस में तो उसकी टक्कर का कोई है नहीं। भूसे की पूरी दो ढेरियों में सिर्फ दो दाने गेहूं के मिल जाएं, बस उसकी ढेर-ढेर बातों में मतलब की इतनी ही मिल जाएं तो भी बहुत समझो। पूरा दिन आप इसीमें बरबाद कर दीजिए कि आखिर इतना बोल रहा है, उसमें कुछ अक्ल की भी कहता है, तो मजाल है कि ढूंढ़े से भी मिल जाए! और किस्मत से एक-आध मिल भी गई तो फिर इसका अफसोस शुरू कीजिए कि आपकी इतनी कड़ी मेहनत का कितना नाचीज़ मुआवज़ा आपके हाथ आया।

ऐण्टोनियो: छोड़ो, यह बताओ, वह कौन-सी स्त्री है जिससे तुम गुप्त रूप से मिलना चाहते हो। याद है न? तुमने आज मुझे सब कुछ बता देने का वादा किया था!

बैसैनियो: ओह! मेरे ऐण्टोनियो! तुमसे तो कुछ छिपा नहीं है कि मैंने अपनी चादर के बाहर पांव फैलाकर ही अपनी शान कायम रखी है। इतनी आमदनी भी कहां मेरी, जो इतना दिखावा निभ जाता। मेरी संपत्ति का काफी से ज़्यादा हिस्सा तो इसीमें खर्च हो चुका है। और अब जाकर अपना खर्च घटाया है तो क्या मुझे इसका खेद होगा? लेकिन प्रश्न तो यह है कि किस सम्माननीय ढंग से अपना ऋण चुका डालूं कि बात भी बनी रह जाए। मैं जो गर्दन तक डूबा हुआ हूं। ऐण्टोनियो! तुमने मुझे कितनी मदद दी है, क्या कहूं, धन भी दिया और स्नेह भी। मैं क्या कभी इसे भूल सकता हूं? तुम्हारा असीम प्रेम और तुम्हारी सहायता देने की तत्परता ही मुझे आज यह स्पष्ट कह देने की प्रेरणा देते

हैं कि मैं तुम्हें अपने सारे ऋण चुका देने की योजना बता दूं।

ऐण्टोनियो: मेरे बैसैनियो! मुझे बताओ, मैं कहता हूं कुछ छिपाना नहीं। अगर वह अच्छी योजना है और होगी ही, क्योंकि तुम स्वयं अच्छे हो, मैं विश्वास दिलाता हूं कि मैं, मेरा धन, मेरी हर तरकीब तुम्हारी आवश्यकता पूर्ण करने के लिए तत्पर हैं।

बैसैनियो: अपने स्कूल के दिनों में जब निशाना लगाते वक्त एक तीर चूक जाता था तब मैं वैसा ही दूसरा तीर चलाता था, उसी दिशा में, उसी ज़ोर से, और फिर उसे लक्ष्य की ओर जाते देखता था चुपचाप, और अक्सर मुझे दोनों ही तीर मिल जाया करते थे। मैंने तुम्हें बचपन के अनुभव की बात इसलिए बताई है कि मेरी योजना इस वक्त भी ऐसी ही बचपन की सी है, बिलकुल मासूम। वैसे ही मैं तुम्हारा काफी कर्ज़दार हूं। और एक खर्चीले नौजवान की तरह सब कुछ खर्च कर चुका हूं। लेकिन अगर तुम चाहो कि उसी दिशा में दूसरा तीर मारो जिधर पहला मारा था, मुझे इसमें संदेह नहीं, क्योंकि लक्ष्य की ओर मैं देख रहा हूं, तुम्हारे दोनों तीर तुम्हें मिल जाएंगे। अगर यह नहीं हुआ तो इस बार की दी हुई रकम तो तुम्हें मिल ही जाएगी, और रही पहले कर्ज़े की बात, सो मैं उसके लिए कृतज्ञ ही हूं और सदैव स्मरण रखूंगा।

ऐण्टोनियो: घुमा-फिराकर बात करके अपना समय नष्ट करने में तुम्हें क्या मिलेगा? और वह भी तब, जब तुम जानते हो कि तुम्हारे प्रति मेरे हृदय में क्या भावनाएं हैं। मुझे तो इसका ही दुःख है कि तुम इसमें भी संदेह करते हो कि जितना मुझसे बन सकेगा उतना मैं तुम्हारे लिए करूंगा। तुम मेरी सारी दौलत लो तो भी मुझे गम न हो। साफ-साफ बता दो कि तुम मुझसे क्या मदद चाहते हो। मैं तैयार हूं, जो कर सकता हूं अवश्य करूंगा। बोलो!

बैसैनियो: बेल्मोण्ट में एक स्त्री है जो अपने पिता की मृत्यु के उपरांत एक धनी उत्तराधिकारिणी बनी है। बड़ी अनुपमेय सुन्दरी है और वैसे ही उसमें अतुलनीय गुण भी हैं। कभी-कभी पहले जब मैं उससे मिलता था, उसकी आंखें मुझसे कहती थीं मानो उसके हृदय में मेरे लिए कुछ स्थान था। उसका नाम है पोर्शिया और किसी भी तरह केटो की पुत्री पोर्शिया से कम नहीं, जिसका कि ब्रूटस से विवाह हुआ था। यह भी नहीं कि संसार में उसके गुरणों से लोग अपरिचित ही हों, क्योंकि चारों दिशाओं से उसके विवाहेच्छूक प्रेमी आ रहे हैं। उसकी सुनहली लटें उसके कानों के पास झूला करती हैं। बेल्मोण्ट में उसका निवासस्थान दूसरा कोलचोस[1] समुद्र-तीर हो गया है जहां आधुनिक जेसन[2] इकट्ठे हुआ करते हैं उसके लिए। प्रिय ऐण्टोनियो! काश, मैं भी उनमें से किसीसे स्पर्धा करने के योग्य हो जाता! न जाने क्यों मुझे विश्वास-सा होता है कि मैं अवश्य सफल होऊंगा, निस्संदेह मुझे सफलता मिलेगी।

ऐण्टोनियो: तुम तो जानते ही हो कि इस समय मेरा सारा धन जहाज़ों में गया हुआ है। अब इस वक्त न मेरे पास धन है, न कोई माल ही कि इतना धन इकट्ठा कर सकूं। लिहाज़ा, चलो, वेनिस में मेरे नाम की साख जो उठा सके उसीको काम में लाया जाए। जितना भी वह कर सके, मुझे स्वीकृत है, ताकि तुम सुन्दरी पोर्शिया के पास बेल्मोण्ट पहुंच सको। शीघ्र जाकर तलाश करो और मैं भी जाता हूं कि धन है किसके पास! और उसे चुका देने का निश्चय रखो; मैं धन एकत्र कर लूंगा चाहे लोगों से अपने व्यक्तिगत सम्बन्धों के बल पर या उधार पर ही सही।

[प्रस्थान]

1. कोलचोस—क्लासिक नाम। 2. जेसन—प्रेमी।

दृश्य 2

[बेल्मोण्ट: पोर्शिया के भवन में एक कमरा]

पोर्शिया: मैं तो इस संसार से तंग आ गई हूं, नरिसा!

नैरिसा: क्यों श्रीमती! यदि आप दरिद्र होतीं, अभागिनी होतीं, या जैसा भाग्य और संपत्ति आपके पास है, वैसे की अधिकारिणी न होतीं, तब तो आपका तंग आना किसी सीमा तक उचित भी लगता। लेकिन जहां तक मेरा अनुभव है, मैं यही कह सकती हूं कि अपार धनराशि में डूबे लोग भी जीवन के प्रति उतने ही ऊबे होते हैं जितने वे, जिनके पास कुछ भी नहीं होता, न भुखमरी, न अटूट धन। मुझे तो लगता है, इन दोनों के बीच की स्थिति ही ठीक रहती है। जिनके पास बहुत धन होता है वे बहुत-से व्यसनों में पड़ जाते हैं और समय से पूर्व ही बूढ़े हो जाते हैं; लेकिन जिनके पास इतना-भर होता है कि बस रोज़ की ज़रूरतें पूरी होती रहें, वे न सिर्फ ज़्यादा दिन जीते हैं, मगर सुखी भी रहते हैं।

पोर्शिया: कितनी अच्छी बात कहती है तू, और कितने प्यारे ढंग से!

नैरिसा: और जो इन्हें व्यवहार में ले आया जाए, तो कितनी सुंदर बन जाएंगी यही!

पोर्शिया: अगर करना भी उतना ही आसान होता जितना किसी अच्छी बात को जान लेना, तो गरीबों की कुटियों में महल होते और हर उपासना-स्थान गिरजा बन जाता। अपने ही उपदेशों को व्यवहार में लाने वाला वास्तविक रूप से धार्मिक होता है। मैं बीसियों को बता सकती हूं कि अच्छा क्या है, लेकिन उसपर अमल करते समय उन बीस में से एक स्वयं नहीं हो सकती। विवेक नियम

बना सकता है कि यौवन के आवेश और वासनाएं नियंत्रण में रह सकें; किन्तु यौवन की उत्तेजनाएं संयम में रखने के लिए, दबा देने के लिए, बहुत उग्र होती हैं। पगली जवानी उस पागल खरगोश की तरह होती है जोकि सदुपदेश के निर्बल जाल से शीघ्र भाग निकलता है। लेकिन इस तर्क से मुझे अपना पति चुनने में क्या लाभ मिलता है? चुनना! हाय कैसा शब्द है! न मैं पसंद का व्यक्ति चुन सकती हूं, न नापसंद व्यक्ति से इन्कार ही कर सकती हूं। ऐसी ही तो है एक मृत पिता की वसीयत जो एक जीवित लड़की को सब तरफ से जकड़े हुए है! क्या यह मेरे लिए कठोर बात नहीं है नैरिसा! कि जिसे चाहती हूं उसे पा नहीं सकती और जिसे नहीं चाहती उससे इन्कार नहीं कर सकती?

नैरिसा: तुम्हारे पिता पवित्रात्मा थे और पवित्र व्यक्ति मरते समय सदैव ऐसे ही प्रेरणादायक कार्य करते हैं। इसलिए जो इन तीन—सोने, चांदी और रांग के डिब्बों की लॉटरी उन्होंने रखी है, कि जो भी ठीक डिब्बा चुन लेगा, तुम्हें पाएगा, निस्संदेह वही ठीक चुनाव कर सकेगा जो तुम्हें सच्चा प्यार करता है। सच बताओ, तुम्हारे मन में इन विवाहेच्छुक कुलीन राजकुमारों के प्रति क्या है, जो आ गए हैं!

पोर्शिया: एक-एक नाम दुहराती चल और मैं कहती चलूंगी, बस उसीसे मेरे मन की बात का अनुमान लगा लेना।

नैरिसा: सबसे पहले तो नेपल्स के राजकुमार हैं।

पोर्शिया: वह तो जैसे बछेड़ा है, जो अपने घोड़े के सिवाय और किसी विषय पर बात ही नहीं करता। और इसमें तो अपनी खास काबलियत समझता है कि वह खुद ही घोड़े की नाल भी ठोक लेता है।

नैरिसा: और वह है, वह पैलैटाइन का काउण्ट!

पोर्शिया: वह बस गुर्राया करता है, जैसे कह रहा हो—मुझे नहीं चुनेगी तो जा मर! वह तो इतना मनहूस और उदास रहता है कि उसके चेहरे पर बड़े से बड़े मज़ाक की बात मजाल है एक हल्की मुस्कान भी झलका दे! और जब जवानी में वह इतना उदास और गंभीर है, तो भगवान जाने बुढ़ापे में तो वह हेराक्लिटस—वह था न, 'रोने वाला दार्शनिक', वैसा ही निराशावादी हो जाएगा। मैं तो बेहतर है खुशी से एक ऐसे हड्डी के ढांचे से शादी कर लूंगी, जिसके मुंह पर होंठ ही न हों, बनिस्बत इसके कि इन दोनों में से किसीसे शादी करूं। भगवान बचाए मुझे इन दोनों भलेमानुसों से।

नैरिसा: और फ्रेंच लॉर्ड मुसिए ले बॉन के विषय में तुम्हारी क्या राय है?

पोर्शिया: उसे भी ईश्वर ने बनाया है, तो उसे भी मनुष्य ही समझना चाहिए। सचमुच ईश्वर की सृष्टि का उपहास करना तो एक पाप है, किन्तु यह फ्रेंच लॉर्ड तो अपने घोड़े के बारे में नेपल्स के राजकुमार से कहीं अधिक बातें करता है, और त्यौरी चढ़ाए रखने में तो पैलैटाइन का काउण्ट उसके सामने कुछ है ही नहीं। वह तो सर्वगुणसंपन्न होने का ऐसा दावा करता है, जबकि उसे तो आदमी कहने में भी संकोच होता है। एक चिड़िया ज़रा चहकी कि वह तो नाचने लगता है। उससे अगर मैंने शादी कर ली तो समझो मैंने बीस मर्दों से ब्याह किया, क्योंकि वह तो अपने को बीस मर्दों के बराबर समझता है। मैं तो ज़्यादा खुश इस बात से होऊं कि वह मुझसे घृणा करे, क्योंकि जो कहीं वह पूरे आवेश से प्रेम करने लगा, तो उसके प्रेम का प्रत्युत्तर मैं दूंगी कैसे?

नैरिसा: और तुम्हारा उस तरुण अंग्रेज़ बैरन फॉल्कनब्रिज के बारे में क्या विचार है?

पोर्शिया: मैं तो उसके बारे में कुछ भी नहीं कह सकती, क्योंकि हम एक-दूसरे की भाषा ही नहीं समझते। न वह लैटिन जानता है, न फ्रेंच, न इटैलियन, और इस बात को तुम हज़ारों के सामने दावे के साथ कह सकती हो कि मैं अंग्रेज़ी नहीं के बराबर जानती हूं। है वह बड़ा सुन्दर, लेकिन मैं कैसे स्वीकार कर लूं उसे? हम एक-दूसरे को अपने भाव ही नहीं बता सकेंगे। कितनी भी सुन्दर तस्वीर क्यों न हो, लेकिन उससे कोई बोलता तो नहीं? और उसकी पोशाक कितनी विचित्र है। उसका कोट तो इटैलियन फैशन का, ब्रीचेस फ्रेंच कट है और उसका टोप है जर्मन ढंग का, और रहे उसके आचार-व्यवहार तो सारी दुनिया का घोल उतर आया है उसमें।

नैरिसा: और वह जो स्कॉट लॉर्ड है न, जो अंग्रेज़ बैरन का पड़ोसी है, उसके बारे में क्या राय है तुम्हारी?

पोर्शिया: उसमें एक पड़ोसी की दयानतदारी है क्योंकि उसने अपनी कनपटी पर अंग्रेज़ के हाथ का घूंसा उधार लिया और उसने कसम खाई कि जब कभी वह समर्थ होगा, अवश्य उसका कर्ज़ा चुका देगा। मेरा ख्याल ऐसा है कि वह फ्रेंच उसकी ज़मानत में खड़ा रहा जिसने कहा कि अगर वह कर्ज़ा चुकाएगा तो उसकी मदद अवश्य की जाएगी।

नैरिसा: सैक्सनी के ड्यूक के भतीजे उस तरुण जर्मन के विषय में तुम क्या सोचती हो?

पोर्शिया: सुबह तो वह बुरा लगता है जब नशे में नहीं होता, और दुपहर बाद जब पिए रहता है, तब तो बहुत ही बुरा लगता है। जब वह अच्छी से अच्छी हालत में रहता है तब वह किसी भी इंसान से नीचा,

और जब वह बुरी से बुरी हालत में रहता है तब किसी भी पशु से तनिक ऊंचा होता है। यदि बुरे से बुरा भी हो जाए, तो उसे कभी नहीं चुनूंगी। उसके बिना ही मैं अच्छी हूं।

नैरिसा: अच्छा मान लो, वह तुम्हारा विवाहेच्छुक है और किस्मत का ज़ोर कि उसने ठीक डिब्बा चुन लिया तब अगर तुमने उससे शादी करने से इन्कार कर दिया तो क्या तुम अपने पिता की वसीयत मानने से इन्कार नहीं करती हो? .

पोर्शिया: इसीलिए तो डर से मरी जाती हूं। एक काम करो न! गलत डिब्बे पर तेज़ फ्रेंच शराब रख दो ताकि मैं इस विपत्ति से बच जाऊं। मुझे यकीन है कि वह शराब के लालच में गलत डिब्बा ही चुन लेगा चाहे उसमें भीतर शैतान ही क्यों न हो। मैं कुछ भी कर सकती हूं नैरिसा, पर उस ज़बर्दस्त पियक्कड़ से शादी नहीं करूंगी।

नैरिसा: श्रीमती! तुम्हें डरने का कोई कारण नहीं है कि इनमें से एक को चुनना पड़ेगा। उन्होंने मुझसे साफ कह दिया है कि वे अपने-अपने घरों को लौट रहे हैं और अब वे आपको इस चुनाव के पचड़े से परेशान नहीं करेंगे, तब तक जब तक कि वे आपके पिता की वसीयत में लिखे इस डिब्बे चुनने के तरीके के अलावा और कोई रास्ता नहीं खोज लेते जिससे वे आपको हासिल कर सकें।

पोर्शिया: पिता की वसीयत के अलावा मैं और कौन-सी तरकीब से शादी कर सकती हूं! मैं तो डायना की भांति क्वारी बनी रहने को विवश हूं, चाहे सिबिला की भांति मैं दीर्घायु ही क्यों न होऊं। मैं यह देखकर बहुत खुश हूं कि प्रेमियों का यह दल अक्लमंद है और कायदे से लौटा जा रहा है। उनमें से कोई भी नहीं है जिसके जाने का मुझे गम हो। मैं ईश्वर से प्रार्थना करती हूं कि उनकी यात्राएं सफल हों।

नैरिसा: श्रीमती ! क्या तुम्हें उस सुन्दर वेनिसबासी की याद है, जो तुम्हारे पिता के समय में मोंतफेरात के मार्क्विस के साथ आता था, योद्धा था और साथ ही विद्वान् भी?

पोर्शिया: हां, हां। वह तो मेरे खयाल से बैसैनियो था। यही था न उसका नाम?

नैरिसा: हां, श्रीमती! मैं मूर्ख जितना समझती-देखती हूं, सारे आदमियों में, जो आपने देखे हैं, वही आपके योग्य था।

पोर्शिया: मुझे उसकी खूब याद है और वह था भी ऐसा ही जैसीकि तू तारीफ करती है।

[सेवक का प्रवेश]

क्यों? क्या बात है?

सेवक: चारों मेहमान आपसे मिलना चाहते हैं, श्रीमती। वे विदा ले रहे हैं और जाने से पहले आपसे मिल जाना चाहते हैं। एक और व्यक्ति आया है, जिसने खबर दी है कि उसके स्वामी, मोरक्को के राजकुमार, आज रात यहां आएंगे।

पोर्शिया: मुझे तो उसके आने की तब प्रसन्नता होगी जो मैं उसका वैसा ही स्वागत कर पाती जैसे उत्साह से मैं इन चार को विदा दे रही हूं। अगर उसका रंग शैतान का है और आत्मा एक संत की सी है, तो वह मेरा पति न होकर पुरोहित हो जाए, वही अच्छा होगा। चलो, नैरिसा! (सेवक से) तू आगे चल। एक प्रेमी के लिए द्वार बंद करते हैं हम, दूसरा तभी दरवाज़े पर दस्तक देने लगता है।

[प्रस्थान]

दृश्य 3

[बेनिस : एक सार्वजनिक स्थान]

[बैसैनियो और शाइलॉक का प्रवेश]

शाइलॉक : तीन हज़ार ड्यूकैट! तीन हज़ार सिक्के? अच्छा।

बैसैनियो : हां श्रीमान्! केवल तीन मास के लिए।

शाइलॉक : हूं? तीन महीने के लिए? अच्छा।

बैसैनियो : और मैं आपसे कह चुका हूं, ऐण्टोनियो मेरी ज़मानत देगा।

शाइलॉक : ऐण्टोनियो ज़मानत देगा? अच्छा!

बैसैनियो : बताइए आप मेरी मदद करेंगे? क्या आप मुझपर यह उपकार क़रेंगे? बताइए न?

शाइलॉक : तीन हज़ार सिक्के! तीन महीनों के लिए, और ऐण्टोनियो की ज़मानत पर!

बैसैनियो : आपका क्या उत्तर है?

शाइलॉक : ऐण्टोनियो आदमी तो अच्छा है।

बैसैनियो : क्या आपने उसके यश के विरुद्ध भी कुछ सुना है जो उसे कलंकित कर सके?

शाइलॉक : अरे नहीं, नहीं, ऐसा नहीं है। मैं जब उसे अच्छा आदमी कहता हूं तो तुम्हें सिर्फ यही समझना चाहिए कि मैं उसे पूरी तरह से इस काबिल मानता हूं। लेकिन फिर भी उसकी संपत्ति स्थिर नहीं है। उसका धनी होना अभी तो एक अनुमान की बात है। उसका एक जहाज़ त्रिपोली जा रहा है, दूसरा इण्डीज़ की ओर चल रहा है, और मुझे सट्टा बाज़ार से पता चला है कि उसका तीसरा जहाज़ मैक्सिको जाएगा, चौथा इंग्लैंड को। इसी तरह उसके सारे जहाज़ दुनिया में अलग-अलग

समुद्रों में जा रहे हैं। लेकिन जहाज़ तो काठ के बने होते हैं, और उनपर समुद्र में हर तरह का खतरा आ सकता है। और जहाज़ी सिर्फ इन्सान ही तो होते हैं जो समुद्र के भीषण तूफानों में मर सकते हैं। और फिर समुद्र में तो डाकुओं से भी बड़ा डर रहता है। अलावा इसके, जहाज़ों को तो समुद्र पर अनेक आपत्तियों का सामना करना पड़ता है; तूफान हैं, लहरें हैं, चट्टानें हैं। लेकिन जैसाकि मैंने कहा, बावजूद इन सबके, ऐण्टोनियो ज़ामिन बनने के पूरी तरह से योग्य है। तीन हज़ार ड्यूकैट चाहते हो तुम! ठीक है। मैं मान लूंगा, अगर वह ज़िम्मेदारी उठा लेगा।

बैसैनियो: उस तरफ से आप बेफिक्र रहिए।

शाइलॉक: तुम कहते हो तो मैं निश्चिंत हो जाऊंगा। लेकिन मेरी दिलजमई होनी चाहिए और यही उचित होगा कि मैं ऐण्टोनियो से इस बारे में बातचीत कर लूं सीधी।

बैसैनियो: बिल्कुल ठीक है। आप आज हमारे साथ ही भोजन करिए न?

शाइलॉक: ज़रूर! ताकि मैं सूअर के मांस[1] को सूंघ सकूं, जिसमें तुम्हारे पैगम्बर ईसामसीह ने शैतान की रूह को घुसाया है। मैं तुम्हारे साथ खरीद सकता हूं, बेच सकता हूं, चल सकता हूं, बात कर सकता हूं, और सब कुछ कर सकता हूं, लेकिन तुम्हारे साथ खा नहीं सकता, पी नहीं सकता, न तुम्हारे साथ प्रार्थना कर सकता हूं। सट्टा बाज़ार से क्या कोई खबर मिली है? वह कौन आ रहा है?

[ऐण्टोनियो का प्रवेश]

बैसैनियो: ये तो श्रीमन्त ऐण्टोनियो हैं।

---

1. यहूदी भी मुसलमानों की भांति सूअर के मांस को वर्जित समझते हैं। असल में सेमेटिक जातियों में सूअर वर्जित ही मिलता है।

शाइलॉक: (स्वगत) कितना भोला-भाला, सीधा-सादा लगता है! लेकिन मैं इससे घृणा करता हूं, क्योंकि यह ईसाई है। लेकिन मुझ इससे भी ज़्यादा इससे घृणा इसलिए है कि यह अपनी नम्रतारूपी मूर्खता के कारण बिना ब्याज के ही रुपया उधार देता है, और वेनिस में हमारे ब्याज की दर को यों ही गिरा देता है। एक बार अगर यह मेरी पकड़ में आ जाए तो मैं इससे अपने पुराने वैर का सारा बदला निकाल लूं, जो न जाने कब से मेरे दिल में पल रहा है! यह हमारे पवित्र धर्म (यहूदी धर्म) से घृणा करता है, हमारी पवित्र जाति से घृणा करता है।[1] और मुझे तो जब भी कहीं सारे व्यापारी इकट्ठे होते हैं, सबके सामने ही डांट देता है। यह मेरे व्यापार की निंदा करता है और ईमानदारी से अर्जित मेरी कमाई, मेरे मुनाफों को ब्याज की और पाप की कमाई कहा करता है। अगर मैं इसे क्षमा कर दूं तो ईश्वर का प्रकोप मेरी जाति पर उतरे!

बैसैनियो: आप इतने चुप क्यों हैं शाइलॉक?

शाइलॉक: मैं अपने पास इस वक्त मौजूद धन का मन ही मन हिसाब लगा रहा था। जहां तक मैं समझता हूं इस वक्त मैं ऐसी हालत में नहीं हूं कि तुम्हें एकदम तीन हज़ार सिक्के दे सकूं। लेकिन इससे क्या फर्क पड़ता है! मेरा धनी यहूदी मित्र ट्यूबॉल मौजूद है। उससे मैं सारी कमी को पूरा कर सकता हूं, लेकिन ज़रा ठहरो! तुम्हें कितने महीनों के लिए रुपये चाहिए? (ऐण्टोनियो से) कहिए श्रीमान्! अच्छे तो हैं! अभी-अभी हम लोग आप ही के बारे में बातें कर रहे थे।

ऐण्टोनियो: शाइलॉक! हालांकि मेरा यह सिद्धांत रहा है कि मैं न

---

1. यहूदी अपनी जाति को ईश्वर की चुनी हुई जाति मानते हैं, और अपने को संसार में सर्वश्रेष्ठ मानते हैं।

रुपया उधार लेता हूं, न ब्याज पर देता हूं, लेकिन अपने दोस्त की गहरी ज़रूरत को पूरा करने के लिए, मैं अपना नियम तोड़ता हूं। (बैसैनियो से) क्या तुमने इनसे कह दिया है? कितने की ज़रूरत है तुम्हें?

शाइलॉक: हां, हां, तीन हज़ार ड्यूकैट!

ऐण्टोनियो: और सिर्फ तीन महीनों के लिए।

शाइलॉक: हां, तीन महीने! मैं भूल गया। तुमने कहा तो था। ठीक है। तुम ज़मानत दो। मैं कोशिश करता हूं। लेकिन सुनो, तुमने कहा कि तुम न ब्याज पर उधार लेते हो, न देते हो!

ऐण्टोनियो: हां, मैं ऐसा ही करता हूं।

शाइलॉक: हमारे आदिपुरुष अब्राहम का वंशज जेकब अपने चाचा लेबान की भेड़ें चराया करता था और यद्यपि अब्राहम के उत्तराधिकार का स्वत्व क्रम से पहले उसके पुत्र इसाक और तब इसाक के ज्येष्ठ पुत्र इसाऊ को मिलना चाहिए था, वह उसके छोटे पुत्र जेकब को मिला क्योंकि उसकी माता ने ऐसी चतुराई की कि इसाऊ का स्थान जेकब ने ले लिया ....

ऐण्टोनियो: जेकब की बात क्यों करते हो? क्या वे भी सूद लिया करते थे?

शाइलॉक: नहीं, वे सूद नहीं लेते थे, ऐसा सूद नहीं लेते थे जिसे आजकल सूद कहा जाता है। लेकिन देखो न, जेकब ने क्या किया! उसने अपने चाचा लेबान से यह तय किया कि वह जो लेबान की भेड़ों को चराता है, उसकी देखभाल करता है , उसकी मेहनत के बदले में वह लेबान की भेड़ों के उन सब बच्चों को ले लेगा जिनपर धब्बे होंगे, धारियां होंगी। जेकब की चतुरता से अधिकतर बच्चे धारियों और धब्बों वाले पैदा हुए। इस तरीके से उसे अपने हिस्से से कहीं

ज़्यादा भेड़ें मिल गईं और आगे चलकर वह बहुत समृद्ध हवा और उसे परमात्मा ने आशीर्वाद भी दिया। इसे तो परमात्मा का आशीर्वाद ही समझना चाहिए यदि दूसरों का माल चुराए बिना ही आदमी ईमानदारी से मुनाफा कमा सके।

ऐण्टोनियो: जेकब के मामले में तो कुछ किस्मत का ज़ोर ही समझना चाहिए। वैसे जेकब का धारीदार, धब्बेदार बच्चे होने में न कोई ज़ोर था, न उसका इसमें कुछ हाथ ही हो सकता था। कुछ भगवान की ऐसी मर्ज़ी थी और ऐसा हो गया। लेकिन धर्मग्रंथ का हवाला इसलिए दिया है कि ब्याज लेने को अच्छा साबित कर सको? या तुम्हारा सोना-चांदी भी भेड़-बकरियों की तरह है?

शाइलॉक: क्या बताऊं! मैं तो कोशिश यही करता हूं कि यह भी दिन दूना, रात चौगुना बढ़ता जाए। लेकिन मेरी बात सुनो।

ऐण्टोनियो: देखो बैसैनियो! देखते हो न कि अपने लाभ के लिए शैतान भी धर्मग्रंथों में से उद्धरण देता है? एक कुटिल व्यक्ति यदि पवित्र बाइबल में से साक्ष्य उपस्थित करे तो वह उस नीच की भांति है जो हंसता रहता है और भीतर ही भीतर भयानक होता है। ऊपर से साफ, चिकना, सुन्दर सेब और भीतर से सड़ा-गला। हाय, हाय! बुराई भी ऊपर से कितनी खूबसूरत बनकर आती है!

शाइलॉक: तीन हज़ार ड्यूकैट! यह तो बहुत बड़ी रकम है। बारह में से तीन महीनों के लिए? ठहरो, मुझे सूद की दर जोड़ने दो!

ऐण्टोनियो: शाइलॉक! क्या तुम यह रकम दोगे?

शाइलॉक: श्रीमन्त ऐण्टोनियो! तुमने बहुत बार सट्टा बाज़ार में मेरा अपमान किया है कि मैं सूद लेता हूं, बेईमानी करता हूं। लेकिन मैंने धैर्य से सारे अपमानों को सहन किया है क्योंकि सहनश-

क्ति ही हमारी यहूदी जाति की एक विशेषता है। तुम मुझे ईसाई धर्म नहीं मानने के कारण यहूदी जानकर विधर्मी कह चुके हो, तुमने मुझे कटखना कुत्ता कहा है, तुमने मेरे यहूदी धर्म की परम्परा को प्रदर्शित करने वाले चोगे पर थूका है। और क्यों? सिर्फ इसलिए कि मैंने अपना धन कमाया है। और अब तुम्हें मेरी मदद की ज़रूरत आ पड़ी है। तो लो! देखो! आज तुम आए हो। आकर कहते हो—शाइलॉक! हमें धन चाहिए। तुमने तो मेरे मुंह पर थूका था! तुम्हारी नज़र में तो मैं सड़क के दोगले कुत्ते से भी गया-बीता था न, जिसे लात लगाने को तुम्हारा पांव मचला करता था? आज तुम धन की प्रार्थना कर रहे हो? क्या जवाब दूं मैं तुम्हें? बोलो कह दूं कि क्या कुत्ते के पास धन होता है? क्या कभी यह हो सकता है कि एक कुत्ता तीन हज़ार ड्यूकैट उधार दे सके? या कहो, नीचे झुक जाऊं और गुलाम की तरह घिघियाता, कांपता, दीनमन, हांफता हुआ कहूं—श्रीमान्! आपने पहले बुधवार को मुझपर थूका था, आपने उस रोज़ दोगला कुत्ता जानकर मुझे लात मारी थी, और एक और दिन आपने मुझे कुत्ता कहा था। आपकी इन्हीं तीन मेहरबानियों के बदले में मैं आपको तीन हज़ार सिक्के उधार देना चाहता हूं!

ऐण्टोनियो: मैं तो ऐसे ही फिर भी कहूंगा, फिर भी तुमपर थूकूंगा, और लात भी लगाऊंगा। अगर तुम उधार देते हो तो अपना दोस्त समझकर क्यों देते हो? क्योंकि दोस्ताने में बेजान सिक्के कब ब्याज के रास्ते से सिक्कों को पैदा करते हैं? यों समझो कि अपने दुश्मन को उधार दे रहे हो! बिना किसी शर्म के तुम मुझे सज़ा दिला लेना अगर तुम्हारा धन ठीक समय पर नहीं लौटा!

शाइलॉक: लेकिन तुम बेवजह इतना ताव क्यों दिखा रहे हो?

वेनिस का सौदागर मैं तो तुम्हारा दोस्त बनना चाहता हूं और जो मेरा अपमान तुमने किया है, उस सबको भूल जाना चाहता हूं। मैं तुम्हारे मांगे हुए धन को दूँगा, और कोई ब्याज भी नहीं लूँगा। लेकिन तुम मेरी बात ही नहीं सुनते! मेरी यह बात बिल्कुल दया-भरी है। है न?

बैसैनियो: अगर तुम सत्य कहते हो तो इसे निश्चय ही दया कहा जा सकता है।

शाइलॉक: मेरी यह दया तो निश्चित समझो। तुम किसी वकील के पास चलो और एक कागज़ लिखकर उसपर दस्तखत कर दो। लेकिन महज़ मज़ाक की खातिर उसमें एक बात जोड़ देना कि अगर तुम निश्चित दिन पर रुपया न दे सके, निश्चित स्थान पर तुमने धन न चुकाया, तो मुझे तुम्हारे शरीर में से कहीं से भी आधा सेर गोश्त काटकर निकाल लेने का अधिकार होगा!

ऐण्टोनियो: मैं तैयार हूं, इस शर्तनामे पर दस्तखत करने को, और मैं खुलेआम कह सकता हूं कि आखिर तुमने कमाल की रहमदिली दिखाई है।

बैसैनियो: ऐसे खतरनाक शर्तनामे पर मैं तुम्हें कभी दस्तखत नहीं करने दूंगा। इससे तो अच्छा है कि मेरे काम ही बिगड़ जाएं, मेरी ज़रूरत ही पूरी न हो।

ऐण्टोनियो: अरे डरते क्यों हो? मैं दंड नहीं भरूंगा। जो कर्ज़ मैं ले रहा हूं उससे कई गुना धन मेरे जहाज़ दो महीनों में ही ले आएंगे। मियाद से एक महीने पहले ही देख लेना।

शाइलॉक: हे पवित्र आदिपूर्वज अब्राहम! ये ईसाई भी विचित्र होते हैं! ये दूसरों के प्रति इतने कठोर और निर्दयी होते हैं कि दूसरों को भी अपने जैसा ही समझते हैं। अच्छा, ज़रा बताओ तो सही! अगर

इसने ठीक समय पर धन नहीं लौटाया तो मैं उस गोश्त को लेकर करूंगा क्या? इंसान के जिस्म से आधा सेर गोश्त न तो कोई कीमत ही रखता है, न फायदेमन्द ही है। वह कोई भेड़, गाय या बकरी के गोश्त की तरह अपनी कीमत तो रखता नहीं। मैं तो इनकी स्नेह-भरी मित्रता को जीतने के लिए ऐसा करता हूं। मेरा हाथ बढ़ा हुआ है। थामना है थाम लो, नहीं तो जाने दो। कृपया, मेरा अनिष्ट न करो कि मुझपर, मेरी हितचिंता पर संदेह करो।

ऐण्टोनियो: हां शाइलॉक! मैं इस शर्तनामे पर ज़रूर दस्तखत कर दूंगा।

शाइलॉक: तो फिर मुझसे वकील के घर मिलो। इस मज़ाकिया शर्तनामे को उसे बता देना और मैं धन-वन लेकर सीधा वहीं पहुंचता हूं। देख तो लूं कि मेरा घर सही-सलामत भी है या नहीं, क्योंकि वहां एक बेकार का बदमाश है, जिसका ज़रा भी यकीन नहीं किया जा सकता। बस! मैं तुरंत पहुंचता हूं।

ऐण्टोनियो: ओ दयालु यहूदी, जल्दी करना!

[शाइलॉक का प्रस्थान]

यह यहूदी तो ईसाई हो जाएगा! देखो न, इसमें कितनी दया आ गई है!

बैसैनियो: जब मैं किसी कुटिल व्यक्ति से मीठे वचन सुनता हूं तो मुझे बहुत संदेह होने लगता है।

ऐण्टोनियो: चलो, चलें। इस मामले में डरने की कोई गुंजायश नहीं है। मियाद से एक महीने पहले ही मेरे जहाज़ लौट आएंगे।

[प्रस्थान]

दूसरा अंक

दृश्य 1

[बेलमोण्ट; पोर्शिया के मकान का कमरा]

[तुरही-निनाद; मोरक्को के राजकुमार का प्रवेश; उसके पीछे सेवक हैं। पोर्शिया तथा नैरिसा और उसके अन्य सेवकों का प्रवेश]

मोरक्को का राजकुमार: (पोर्शिया से) मुझे मेरे रंग के कारण नापसंद न करो। यह तो प्रचण्ड सूर्य का प्रसाद है, क्योंकि मैं ऐसे प्रदेश में रहता हूं जहां सूर्य की प्रखर किरणें पड़ती हैं। तुम मेरे सामने एक गोरे रंग के आदमी को लाओ जो ऐसे उत्तर में जन्मा है, जहां सूर्य में इतना भी ताप नहीं कि वह हिमकणों को पिघला सके और फिर अपने प्रेम की परीक्षा के लिए हमारा युद्ध कराओ, कि देखें किसका लोहू अधिक लाल है, तो श्रीमती! देखना कि मेरे नाम से बड़े-बड़े शूर-वीर थर्रा जाते हैं। तुम्हारे प्रति मेरे प्रेम की शपथ! मेरे देश की अत्यंत प्रशंसित सुंदरियों ने भी मुझे सदैव प्रेम किया है। यदि तुम्हारे प्रेम को जीतने का प्रश्न न हो तो मैं तो कभी अपने इस रंग को बदलने की इच्छा भी न करूं, मेरी रानी!

पोर्शिया: पति चुनने के विषय में मैं अन्य सुंदरियों की भांति केवल बाहरी रूप की ओर आकर्षित नहीं होती और फिर मेरे स्वयं पति चुनने की आज़ादी को तो इन डिब्बों की लॉटरी ने और छीन रखा है। यदि मेरे पिता ने मुझे अपनी बुद्धि से न बांध रखा होता, मेरे चारों ओर ऐसा घेरा न डाल दिया होता; कि जो बात मैंने आपको बताई, मुझे उसीकी पत्नी बनना पड़ेगा जो मुझे उसी तरीके से हासिल करेगा; तो हे विख्यात

राजकुमार! मैं सच कहती हूं आप विश्वास करें, मुझे प्राप्त करने में आप किसीसे भी पीछे नहीं रहते। मेरा प्रेम कोई भेद नहीं मानता।

मोरक्को०: इसके लिए मैं आपको धन्यवाद देता हूं। इसीलिए मैं प्रार्थना करता हूं कि आप मुझे उन डिब्बों के पास ले चलें। देखें, मेरा भाग्य क्या कहता है। मैं इस तलवार की कसम खाता हूं जिसने फारस के बादशाह को मार डाला था, जिसने फारस के एक ऐसे शाहज़ादे को मारा था जो तीन बार सुल्तान सुलेमान को हरा चुका था। मैं इस तलवार की सौगंध खाकर कहता हूं कि मैं इस वीरकर्म को तुम्हारा प्रेम जीतने के लिए कर सकता हूं। संसार में सबसे क्रूर दृष्टि रखने वाले को अपनी आंखों से झुका सकता हूं और अत्यंत दुस्साहसी को भी अपने साहस से हरा सकता हूं। मैं रीछनी के दूधपीते बच्चों को उससे छीन सकता हूं और शिकार के भूखे दहाड़ते शेर को भी चुनौती दे सकता हूं। क्यों? केवल तुम्हारे लिए। किन्तु दुर्भाग्य है कि ऐसा यहाँ कोई अवसर नहीं। यदि पुरानी यूनानी कहानियों में वर्णित संसार के सबसे सशक्त और सबल पुरुष हरक्यूलीज़ और उसके सेवक लिचास में एक दिन चौपड़ का खेल होता और पांसों के खेल से ही यह भी निर्णय होने को होता कि जो जीतेगा वही सर्वश्रेष्ठ व्यक्ति माना जाएगा, तो क्या मालूम कि पांसों का पलटा किस्मत का पलटा बनकर लिचास को ही सर्वश्रेष्ठ बना देता। जिस प्रकार महान हरक्यूलीज़ अपने सेवक से हार जाता, उसी प्रकार मैं भी अंधे भाग्य के हाथों हार सकता हूं। कौन जाने कोई अयोग्य व्यक्ति ही अपनी योग्यता से अधिक वस्तु पाने में यहां समर्थ हो जाए और मैं आर्त वेदना से व्याकुल हो उठूं!

पोर्शिया: आप अपनी किस्मत आजमाइए। या फिर इस चक्कर

में पड़िए ही मत या चुनाव के पहले कसम खाइए कि यदि आप गलत चुनाव करेंगे तो फिर आप कभी किसी स्त्री से प्रेम नहीं करेंगे कि आप उससे शादी कर सकें। सोच लीजिए!

मोरक्को०: हां, मैं किसी स्त्री से भी शादी नहीं करूंगा। आओ! मुझे एक अवसर दो।

पोर्शिया: पहले गिरजा चलें जहां शपथ ली जाएगी और खाना खाने के बाद आप अपनी किस्मत आज़माएंगे।

मोरक्को: हे सौभाग्य! तेरे ही हाथ में है कि तू मुझे संसार का सबसे सुखी व्यक्ति बनाए या इस पृथ्वी का सबसे दुःखी और गया-बीता व्यक्ति बना दे।

[तुरही-निनाद और प्रस्थान

दृश्य 2

[वेनिस-पथ]

[लॉन्सलौट गोब्बोका प्रवेश]

लॉन्सलौट: मुझे पक्का यकीन है कि आखिरकार मेरी अंतरात्मा मुझे अपने स्वामी यहूदी शाइलॉक की नौकरी से दूर भगाकर ही मानेगी। दायें हाथ पर खड़ा हुआ शैतान मुझे ललचाकर कहता है: 'गोब्बो, लॉन्सलौट गोब्बो, अच्छे गोब्बो, अच्छे लॉन्सलौट गोब्बो, अपने पांवों का इस्तेमाल करो, ज़रा चलो, दौड़ो और भाग जाओ, तराट जाओ।' लेकिन मेरी अन्तरात्मा कहती है: 'नहीं, ध्यान करो। ईमानदार लॉन्सालौट! ईमानदार गोब्बो, भागो मत। इस भाग जाने

से घृणा करो!' यह शैतान, यह वीर शैतान, फिर कहता है: 'भाग! भाग जा! हिम्मत बांध, गोब्बो!' शैतान पुकारकर कहता है: 'ईश्वर के लिए भाग जा।' और मेरे हृदय को बांधने वाली मेरी अंतरात्मा कहती है, बड़ी अक्लमंदी से कहती है: 'मेरे ईमानदार लॉन्सलौट, मेरे दोस्त! तू एक ईमानदार आदमी का बेटा है, न सही, तू एक ईमानदार औरत का बेटा है।' वह कहती है: 'लॉन्सलौट, टस से मस मत हो।' भाग! कहता है शैतान। ठहर! कहती है अंतरात्मा। मैं कहता हूं: 'अंतरात्मा, तू ठीक कहती है।' मैं कहता हूं: 'शैतान तू, ठीक कहता है।' अंतरात्मा का शासन मानूं तो मुझे स्वामी के साथ रहना होगा, उस स्वामी के साथ, भगवान कसम! निश्चय जानो, वह भी एक तरह का शैतान ही है और इस यहूदी के पास से भाग जाऊं, तब तो मुझपर शैतान का ही शासन हो गया समझो, जो, माफ करना, खुद ही शैतान है। निश्चय ही यह यहूदी, शैतान का ही अवतार है और मेरी अंतरात्मा कहती है कि मेरी अंतरात्मा तो बड़ी कठोर अंतरात्मा है जो मुझे इस यहूदी के पास रहने को कहती है। शैतान की सलाह ज़्यादा दोस्ताना है। ओ शैतान! मैं तो भागता हूं। मैं तो तुम्हारी शरण हूं। आज्ञा दो। मैं भागता हूं।

[उसके पिता वृद्ध गोब्बो का एक टोकरी के साथ प्रवेश]

गोब्बो: नौजवान! मालिक शाइलॉक यहूदी का घर किधर है, मुझे मेहरबानी करके बता सकोगे? मुझे जाना है वहां।

लॉन्सलौट: (स्वगत) हे भगवान! यह तो खास मेरा ही बाप है जो आधे से ज़्यादा अंधा हो चुका है कि मुझे भी नहीं पहचान पाया! मैं इसे गड़बड़ाने की चाल चलता हूं।

गोब्बो: ओ नौजवान! क्या तुम मुझे शाइलॉक के मकान का पता

बता सकोगे?

लॉन्सलौट: राह के अगले मोड़ पर अपने दायें हाथ की ओर मुड़ जाना और अगले वाले पर अपने बायें मुड़ जाना। तीसरे मोड़ पर मुड़ना नहीं किधर भी, बस सीधे घर में घुसे चले जाना, वही यहूदी का घर है।

गोब्बो: परमात्मा के संतों की कसम! तुम्हारी सलाह को मानकर चलने में तो उसका घर ढूंढ़ना मेरे लिए एक बहुत कठिन काम है। तुम मेहरबानी करके मुझे एक लॉन्सलौट के बारे में कुछ बता सकोगे जो शाइलॉक की नौकरी में है? क्या वह यहूदी के साथ रहता है या उसने उसकी नौकरी छोड़ दी है?

लॉन्सलौट: क्या तुम तरुण कुंवर लॉन्सलौट के बारे में बातें कर रहे हो? (स्वगत) और देखो, मैं कैसे इसकी आंखों में आंसू लाता हूं। (प्रकट) क्या तुम तरुण कुंवर लॉन्सलौट के बारे में बातें कर रहे हो?

गोब्बो: वह कुंवर नहीं कहला सकता श्रीमान्! वह तो एक गरीब आदमी का बेटा है। वह बहुत गरीब है पर बड़ा ईमानदार है, और भगवान की कृपा से अब अच्छी तरह अपनी ज़िंदगी बिता रहा है।

लॉन्सलौट: उसके बाप को चाहे जैसे रहने दो। हम तो तरुण कुंवर लॉन्सलौट की बातें कर रहे थे।

गोब्बो: वह श्रीमन्त का मित्र होगा, किन्तु खाली लॉन्सलौट है।

लॉन्सलौट: लेकिन मेरी सुनो! बुज़ुर्गवार! इसलिए मैं कहता हूं तरुण कुंवर लॉन्सलौट!

गोब्बो: जी हां, अगर आप नाराज़ न हों तो लॉन्सलौट!

लॉन्सलौट: इसीलिए, कुंवर लॉन्सलौट! लेकिन कुंवर लॉन्सलौट

के बारे में बात करने से क्या फायदा, बाबा? क्योंकि वह नौजवान तो, यदि मैं पांडित्यपूर्ण भाषा का प्रयोग करूं तो, भाग्य की क्लोथो, लैचीशिया और एट्रोपोस नामक देवियों के कारण स्वर्ग चला गया अर्थात् मर गया।

गोब्बो: हे भगवान! यह सच नहीं हो सकता। क्योंकि वही मेरी बुढ़ापे की लाठी थी, वही मेरा सहारा था।

लॉन्सलौट: (स्वगत) क्या मैं लाठी जैसा लगता हूं? क्या मैं कोई डण्डे जैसा मालूम होता हूं? (प्रकट) पिता! क्या तुम मुझे नहीं पहचानते?

गोब्बो: हाय रे दुर्दिन! मैं आपको नहीं जानता। लेकिन मैं विनती करता हूं कि आप मेरे पुत्र का पता बताएं! भगवान उसकी आत्मा को शांति दे! क्या वह जीवित नहीं है?

लॉन्सलौट: पिता! क्या आप मुझे नहीं पहचानते?

गोब्बो: हाय रे भगवान! मेरी आंखें कितनी अंधी हो गई हैं। मैं तो तुम्हें नहीं पहचान पाता!

लॉन्सलौट: अगर आंखें भी होतीं तो भी शायद आप मुझे नहीं पहचानते। बुद्धिमान पिता ही अपने बच्चे को पहचानता है। तो सुनिए बुज़ुर्गवार! मैं आपको आपके बेटे की खबर देता हूं। मुझे दुआ दीजिए (झुकता है) सचाई आखिर सामने आएगी। कुछ दिन के लिए भले ही इंसान का बेटा छिपाया जा सके, लेकिन खून बहुत दिन तक छिपाया नहीं जा सकता। सचाई आखिर उजागर होगी ही।

गोब्बो: कृपया खड़े होइए! मुझे विश्वास है आप मेरे पुत्र लॉन्सलौट नहीं हो सकते।

लॉन्सलौट: बेकार की बातें छोड़िए। मुझे दुआ दीजिए। मैं ही

लॉन्सलौट हूं, आपका पुत्र। आप ही का बेटा हूं, था और रहूंगा।

गोब्बो: मैं नहीं मान सकता कि तुम मेरे बेटे हो।

लॉन्सलौट: हाय, अब मैं करूं तो क्या करूं? लेकिन मैं हूं तो लॉन्सलौट ही। मैं ही यहूदी का नौकर हूं और यकीनन तुम्हारी स्त्री मार्जरी मेरी मां है।

गोब्बो: ठीक कहते हो। उसका नाम मार्जरी ही है। और अगर तुम लॉन्सलौट ही हो तो मैं कसम से कह सकता हूं कि तुम मेरे ही रक्त-मांस हो! हे भगवान! ऐसा ही हो! क्या दाढ़ी है तुम्हारी! (सिर के लम्बे बालों पर हाथ रखता है) तुम्हारी ठोडी पर तो इतने बाल हैं जितने मेरी गाड़ी खींचने वाले घोड़े डॉबिन की पूंछ में भी नहीं।

लॉन्सलौट: (उठकर) अगर यह बात है तो इसका मतलब यह है कि डॉबिन घोड़े की पूंछ घटती जा रही है। जब मैंने उसे देखा था तो निश्चय ही उसकी पूंछ में मेरी ठोडी की तुलना में कहीं ज़्यादा बाल थे!

गोब्बो: हे भगवान! तुम तो सचमुच बहुत बदल गए। कहो, तुम्हारी अपने मालिक से कैसी पट रही है? मैं उसके लिए एक भेंट लाया हूं। मैं समझता हूं तुम दोनों में अच्छी कट रही है?

लॉन्सलौट: जहां तक मेरा सवाल है, मैंने तो तय कर लिया है कि मैं उसे छोड़कर भाग जाऊंगा और बहुत दूर पहुंचकर ही चैन लूंगा। वह तो खालखेंचा एक असली यहूदी है। उसे भेंट देने की बजाय उसको फांसी लगा लेने को एक रस्सी देनी चाहिए। मैं तो उसकी नौकरी में भूखा मर गया। ज़रा हाथ फेर के देखो, मेरी एक-एक पसली गिन सकते हो! तुम आ गए पिता! सच, मैं बहुत खुश हूं। यहां एक श्रीमन्त

बैसैनियो हैं। अपनी भेंट उन्हें देने के लिए दे दो! वे तो अपने नौकरों को बड़ी सुंदर पोशाक देते हैं। अगर मुझे उनके यहां नौकरी नहीं मिली तो मैं दूर कहीं भाग जाऊंगा, धरती के किसी अनजान कोने में। आह रे सौभाग्य! ये लो वे ही आ रहे हैं। आयो, उनसे मिलें। अगर मैं अब यहूदी की और नौकरी करूं तो मैं भी यहूदी ही बन जाऊं।

[बैसैनियो का लियोनार्डो तथा अन्य सेवकों के साथ प्रवेश]

बैसैनियो: यही करो। लेकिन जल्दी करो कि पांच बजे तक खाना बिल्कुल तैयार हो जाए। यह खत वक्त पर पहुंच जाए। और सेवकों के लिए नये कपड़े बनने चाहिए। और ग्रेशियानो से कहो कि वे तुरंत मेरे यहां आ जाएं।

[एक सेवक का प्रस्थान]

लॉन्सलौट: चलो पिता! उनसे मिल लो!

गोब्बो: भगवान श्रीमान का भला करे।

बैसैनियो: धन्यवाद! क्या तुम मुझसे कुछ कहना चाहते हो?

गोब्बो: यह मेरा बेटा है हुज़ूर... 'एक गरीब लड़का...

लॉन्सलौट: नहीं श्रीमान! गरीब लड़का नहीं, बल्कि अमीर यहूदी का सेवक है और मेरे पिता बताएंगे...

गोब्बो: श्रीमान! इसकी बड़ी इच्छा है कि यह, क्या बताऊं...सेवा करे...

लॉन्सलौट: किस्सा-कोताह हुज़ूर यह है कि मैं यहूदी का सेवक हूं और मेरी इच्छा है, जैसाकि मेरे पिता बताएंगे...

गोब्बो: यह और इसके मालिक, हुज़ूर बुरा न मानें, अच्छे ताल्लुकात नहीं रखते...

लॉन्सलौट: मतलब यह हुज़ूर! कि थोड़े में कहूं तो सचाई यों है

कि यहूदी ने मेरे साथ अन्याय किया है और जैसेकि मेरे पिता ईमानदार आदमी हैं, आपको सचाई बताएंगे ...."

गोब्बो: यह मेरे पास कुछ फाख्ता हैं हुज़ूर! मैं इन्हें आपकी नज़र करना चाहता हूं...

लॉन्सलौट: बहुत ही संक्षेप में कहूं तो सारी प्रार्थना मेरे बारे में है, जैसाकि श्रीमान स्वयं ही मेरे ईमानदार पिता की बात से समझ जाएंगे, और हालांकि मैं यह कहता हूं, जो मुझे कहना नहीं चाहिए, फिर भी मेरे पिता बूढ़े हैं...और वे गरीब हैं...

बैसैनियो: एक वक्त में एक ही आदमी बात करो। तुम मुझसे चाहते क्या हो?

लांन्सलौट: आपकी नौकरी करना चाहता हूं, श्रीमान!

गोब्बो: बस हुज़ूर! इतनी-सी बात है, बस।

बैसैनियो: मैं तुम्हें जानता हूं और तुम्हारी दरख्वास्त को मंज़ूर करता हूं। आज ही सुबह तुम्हारे मालिक शाइलॉक ने तुम्हारे बारे में बातें की थीं और तुम्हारी सिफारिश भी मुझसे की थी। लेकिन क्या यह ठीक होगा कि तुम उस धनी यहूदी की नौकरी छोड़कर मुझ जैसे गरीब नागरिक की सेवा करो?

लॉन्सलौट: श्रीमान! 'ईश्वर की दया सबसे अच्छी' की कहावत आपपर ही चरितार्थ होती है। आपपर ईश्वर की दया है, शाइलॉक के पास तो केवल धन है।

बैसैनियो: खूब कहा। अब तुम अपने बाप के साथ जाओ और अपने पुराने स्वामी से छुट्टी लो और मेरे निवासस्थान पर आ जाओ। (अपने सेवकों से) इसे भी पोशाक देना, औरों से अच्छी। ध्यान रखना!

लॉन्सलौट: देखा पिता! तुम कहते थे मुझे नौकरी नहीं मिलेगी!

तुम्हारा विचार था कि मुझे बोलना भी नहीं आता! (अपनी हथेली देखकर) यदि कोई ज्योतिषी देखे तो मेरे हाथ में जो भाग्य है, वह इटली के किसी भी व्यक्ति का नहीं। यह देखो, जीवन की रेखा! है ज़ोर की? यह बीवियों की रेखा है, अरे इससे क्या? पन्द्रह बीवियां होती ही कितनी हैं? मर्द के ग्यारह बेवाएं और नौ क्वारियां अगर बीवियां हों तो क्या बड़ी बात है? यह एक और रेखा है जो बताती है कि मैं तीन बार डूबने से बचूंगा और एक बार शादी के खतरे से बचूंगा। लेकिन इन सबका मैं क्या घमंड करूं? अगर, जैसाकि लोग कहते हैं, यह सच है कि किस्मत एक औरत है, तब वह बहुत ही अच्छी औरत है, क्योंकि उसने मुझसे बड़े अच्छे वायदे कर रखे हैं। चलो पिता। पलक मारते मैं यहूदी से छुट्टी लेता हूं।

[लॉन्सलौट और वृद्ध गोब्बो का प्रस्थान]

बैसैनियो: सुनो लियोनार्डो! इस मामले पर ज़रा ग़ौर से सोचो। ये सब चीज़े कायदे से खरीदकर बेल्मोण्ट जाने वाले जहाज़ पर चढ़ा दी जाएं, और फिर तुम तुरंत मेरे पास लौट आओ। क्योंकि रात को दावत है और मेरे वे दोस्त आ रहे हैं जिनपर मैं बहुत विश्वास करता हूं। शीघ्र जाओ।

लियोनार्डो: जितनी जल्दी हो सकेगा मैं ऐसी ही कोशिश करूंगा।

[ग्रेशियानो का प्रवेश]

ग्रेशियानो: तुम्हारे स्वामी कहां हैं?

लियोनार्डो: ये रहे श्रीमान! टहल रहे हैं।

[प्रस्थान]

ग्रेशियानो: श्रीमान बैसैनियो!

बैसैनियो: ग्रेशियानो!

ग्रेशियानो: मुझे तुमसे एक प्रार्थना करनी है।

बैसैनियो: स्वीकार कर ली गई। कहो।

ग्रेशियानो: मैं भी तुम्हारे साथ बेल्मोण्ट चलूंगा। मना मत करना।

बैसैनियो: अगर तुम इसीपर अड़ते हो तो चलो। लेकिन सुनो ग्रेशियानो! तुम बड़े मुंहफट हो और सलीके से पेश भी नहीं आते। तुम्हारे ये गुण तुम्हें इसलिए फब जाते हैं क्योंकि हम तुम्हें जानते हैं और तुम्हारे साफ दिल से वाकिफ हैं, तभी तुम्हारे इन अवगुणों पर ध्यान नहीं देते। लेकिन जो तुम्हें अच्छी तरह नहीं जानते, उनको तो यही अवगुण भी लग सकते हैं। इसलिए अच्छा यही होगा कि तुम अपने पर काबू रखो और ठीक तरह से नम्र व्यवहार करो, वर्ना कहीं ऐसा न हो कि जहां मैं जा रहा हूं, वहां तुम्हारे व्यवहार से मुझे भी गलत समझा जाए और मैं भी अपनी आशाओं से हाथ धो बैठूं।

ग्रेशियानो: श्रीमन्त बैसैनियो! सुनो। अगर मैं गंभीर न बना रहूं, इज़्ज़त से बातें न करूं, और शायद ही कभी कसम खा ली तो खा ली, जेब में प्रार्थना-पुस्तक न रखे रहूं और संजीदा दिखाई न दूं, और खाने के पहले जब प्रार्थना की जाए तब आंखों तक टोप नीचे झुकाकर बहुत ही कायदे से 'आमीन' न कहूं, सारे नम्रता और शिष्ट व्यवहार के नियमों का पालन न करूं, ऐसे जैसे कोई भी अत्यन्त सभ्य व्यक्ति करता है, ऐसे जैसे कोई भी अत्यन्त शिक्षित व्यक्ति करता है और अपनी दादी का दिल खुश करने को चेहरा उदास बना लेता है, तो फिर तुम मुझपर कभी विश्वास ही मत करना!

बैसैनियो: अच्छी बात है। देखेंगे, तुम कैसा व्यवहार करते हो!

ग्रेशियानो: लेकिन आज रात नहीं। आज रात मैं जो कुछ करूं

उससे मेरे व्यवहार की कल्पना मत करना, उसीसे मुझपर निर्णय मत दे देना।

बैसैनियो: अजी नहीं। आज रात इसकी क्या ज़रूरत है? बल्कि मैं तो कहता हूं कि आज तो अपनी सारी मौज-बहार उंडेल देना क्योंकि आज तो कुछ खास दोस्त आ रहे हैं और वे सब हंसी-दिल्लगी के शौकीन हैं। लेकिन इस वक्त मुझे जाने दो, मुझे बहुत ज़रूरी काम है।

ग्रेशियानो: मुझे भी लौरेन्ज़ो से मिलना है, और भी लोग हैं। खाने के वक्त रात को आऊंगा।

[प्रस्थान]

दृश्य 3

[वेनिस; शाइलॉक के घर का कमरा]

[जैसिका और लान्सलौट का प्रवेश]

जैसिका: मुझे सचमुच इसका बड़ा शोक है कि तुम मेरे पिता की नौकरी छोड़कर जा रहे हो। हमारा घर तो नरक की तरह बेजान और बंजर है। काफी हद तक तुम्हारी मज़ाकिया तबियत दिल लगाया करती थी, लेकिन तुम तो जाने की बात पक्की कर चुके हो, तो फिर विदा! यह लो, एक ड्यूकैट ले जाओ। बैसैनियो की मेज़ पर तुम खाना खाते हुए लौरेन्ज़ो को पाओगे। चुपचाप बिना किसीके भी जाने हुए गुप्त रूप से यह पत्र उसे दे देना। अब विदा। मैं नहीं चाहती कि तुमसे बातें करते हुए मेरे पिता मुझे देख लें।

लॉन्सलौट: विदा! आंसू मुझे बोलने नहीं देते। ओ अत्यन्त सुंदर विधर्मी! ओह प्रिय यहूदिन! विदा! ये निर्बलता के प्रतीक मेरे अश्रु, मेरे साहस को कुछ कम कर रहे हैं। विदा!

जैसिका: विदा, अच्छे लॉन्सलौट!

[लॉन्सलौट का प्रस्थान]

उफ! कितना घृणित पाप है मेरा कि मैं अपने ही पिता की पुत्री होने से अस्वीकार करती हूं। मै उनकी पुत्री होकर भी उनसे कितनी दूर हूं! ओ लौरेन्ज़ो! यदि तुम अपनी प्रतिज्ञा का पालन करोगे तो मैं तुम्हारी प्रिय पत्नी बनकर, ईसाई हो जाऊंगी और इस झगड़े का ही अन्त कर दूंगी।

[प्रस्थान]

दृश्य 4

[वही; पथ]

[ग्रेशियानो, लौरेन्ज़ो, सैलैरिनो और सैलैनियो का प्रवेश]

लोरेन्ज़ो: नहीं, हम चुपचाप खाने के वक्त खिसक चलेंगे। मेरे घर चलकर चेहरे पर नकाब चढ़ा लो[1] और घण्टे-भर में लौट आओ।

ग्रेशियानो: हमने तो अच्छी तैयारी भी नहीं की है।

सैलैरिनो: हमने तो अभी मशालचियों का भी इन्त्तज़ाम नहीं किया है।

सैलैनियो: यह सब बेकार ही है अगर हमने इसका ठीक से

1. चेहरे पर नकाब डालने का तब फैशन था।

इन्तज़ाम नहीं किया। बेहतर है हम इस खेल को करें ही नहीं।

लौरेन्ज़ो : अभी तो चार बजे हैं। हमारे सामने दो घण्टे पड़े हैं, हम तैयारी कर सकते हैं।

[लॉन्सलौट का एक पत्न के साथ प्रवेश]

अरे तुम हो लॉन्सलौट! कहो क्या खबर है?

लान्सलौट: आप अगर मोहर तोड़कर यह पत्न पढ़ने का कष्ट करें तो मैं आपको सब बात समझा दूंगा।

लौरेन्ज़ो : इस लिखावट को तो मैं खूब पहचानता हूं। कितनी सुंदर है और फिर जिस हाथ ने इसे लिखा है वह तो इस सफेद कागज़ से भी ज़्यादा गोरा और खूबसूरत है।

ग्रेशियानो : तब तो यह अवश्य ही तुम्हारी प्रिया का पत्न है।

लॉन्सलौट: मुझे जाने की आज्ञा दी जाए।

लौरेन्ज़ो: अब तुम किधर जा रहे हो?

लॉन्सलौट: भगवान की सौंगध! मैं तो अपने पुराने स्वामी शाइलॉक को निमंत्नण देने जा रहा हूं। आज रात उसे भी मेरे नये स्वामी बैसैनियो के साथ भोजन पर आमंत्नित किया गया है।

लौरेन्ज़ो : (उसे धन देकर) यह देखो, यह लो। सुंदरी जैसिका से कहना कि मैं उसे निराश नहीं करूंगा। लेकिन देखो, एकांत में कहना।

बस! अब तुम जा सकते हो।

[लॉन्सलौट का प्रस्थान]

मित्नो! आज रात नाटक[1] करना है! मैने मशालची का प्रबंध कर लिया है।

---

1. चेहरों पर नकाब डालकर एक प्रकार का खेल उस समय किया जाता था। यह नाटक का एक पुराना रूप था।

सैलैरिनो: बहुत अच्छा। माता मेरी की सौगन्ध है, मैं ज़रा भी वक्त बरबाद किए बिना सब इन्तज़ाम कर लूंगा।

सैलैनियो: यही मेरा भी हाल समझो।

लौरेन्ज़ो: तो फिर अब से एक घण्टे बाद, हम लोग ग्रेशियानो के निवासस्थान पर मिलेंगे।

सैलैरिनो: वाह! क्या कहा है। बिलकुल ठीक है।

[सैलैरिनो और सैलैनियो का प्रस्थान]

ग्रेशियानो: क्या वह पत्न तुम्हारी प्रिया सुंदरी जैसिका का ही नहीं है?

लौरेन्ज़ो: मैं तुमसे कुछ नहीं छिपाऊंगी, सब बता दूंगा। उसने लिखा है कि मैं उसे उसके पिता के घर से कैसे निकालू, वह अपने साथ घर से कितने ही हीरे-जवाहरात और सोना निकालूं लाएगी और किस प्रकार वह एक सेवक का रूप धारण करके घर से निकलेगी। अगर कभी भी शाइलॉक स्वर्ग जा सकता है तो केवल अपनी इसी दयालु पुत्नी के कारण। और यदि इस सुंदरी पर कोई विपत्ति आ सकती है तो वह निश्चय ही इस विधर्मी यहूदी पिता के कारण। चलो, अब चलें। चलते-चलते तुम जैसिका का पत्न पढ़ लेना। नाटक में भेस बदलकर जैसिका ही मेरा मशालची बनेगी।

[प्रस्थान]

दृश्य 5

[वही; शाइलॉक के घर के सामने]

[शाइलॉक और लॉन्सलौट का प्रवेश]

शाइलॉक: तुम स्वयं अपने पुराने स्वामी शाइलॉक और नये स्वामी बैसैनियो का अंतर देख लोगे। देख लेना तुम्हें कोई फायदा नहीं होगा। अरी जैसिका!! हां तो! वहां तो तुम्हें ऐसी चराई भी नहीं मिलेगी जैसे यहां ठूंस-ठूंसकर खाया करते थे। जैसिका! सुना नहीं!! और वहां क्या तुम काहिली कर पाओगे? यहां जैसे नई-नई वर्दियां घिस-घिस फाड़ते थे, वहां क्या यह सब कर सकोगे? जैसिका! सुन नहीं रही है क्या?

लॉन्सलौट: जैसिका!!

शाइलॉक: तुम्हें पुकारने को किसने कहा था? मैंने तो तुमसे नहीं कहा था न?

लॉन्सलौट: हुज़ूर कहा करते थे कि आपकी प्रकट आज्ञा के बिना मैं कुछ नहीं कर सकता था।

[जैसिका का प्रवेश]

जैसिका: पिता! क्या आपने मुझे बुलाया था? क्यों क्या बात है?

शाइलॉक: मुझे शाम को भोजन पर निमंत्रित किया गया है, जैसिका! और क्योंकि मैं बाहर जाऊंगा, तुम ये चाबियां रखो घर की। लेकिन मैं वहां क्यों जा रहा हूं? कोई मुझे प्यार के कारण थोड़े ही बुलाया गया है! वे तो मेरी खुशामद कर रहे हैं! चलो कोई बात नहीं। मैं अपनी नफरत के सहारे ही वहां जाऊंगा और उस कंजूस ईसाई वैसैनियो के खूब खाऊंगा। मेरी प्यारी बेटी जैसिका, घर की अच्छी

देखभाल करना। मुझे वहां जाने की कोई खुशी थोड़े ही है! रात मैंने सपने में रुपयों से भरे थैले देखे थे, और तभी मुझे डर लग रहा है कि मुझपर कोई आफत न आ जाए!

लॉन्सलौट: श्रीमान! अवश्य आइए। मेरे स्वामी वैसैनियो पूरी आशा कर रहे हैं कि आप अवश्य आएंगे।[1]

शाइलॉक: मैं भी यही कर रहा हूं।

लॉन्सलौट: मैं समझता हूं, उन्होंने एक नाटक का भी प्रबन्ध किया है, लेकिन मुझे पक्की तरह से नहीं मालूम। लेकिन यदि आपको कोई मनोरंजन मिले तो इसका कारण क्या हो सकता है? यही कि बुधवार को दुपहर में जो ईस्टर त्यौहार वाला सोमवार पड़ा था न, उसकी सुबह, हां सुबह छः बजे को चार साल पहले मेरी नाक में से खून निकला था न, वही हो सकता है।[2]

शाइलॉक: तो आज नाटक का भी प्रबन्ध है वहां रात को? सुनो जैसिका, मेरे दरवाज़ों में ताले लगा लेना होशियारी से। जब कभी तुम ढोल की आवाज़ सुनो, या शहनाई की तीखी आवाज़ कान में पड़े तो खिड़की में से झांकना मत। इन मुर्ख ईसाइयों को उस समय देखने की कोई ज़रूरत नहीं, जब ये अपने मुखों को रंगकर, उनपर तरह-तरह के चेहरे लगाकर आते हैं। मेरा घर तो शांति के लिए प्रसिद्ध है। सब दरवाज़े और खिड़कियां अच्छी तरह बन्द रखना ताकि इन बेकार के

---

1. यहां 'रिप्रोच' शब्द का प्रयोग किया गया है। जिससे लॉन्सलौट कहता है—स्वामी आपके आगमन की प्रतीक्षा कर रहे हैं। परन्तु 'रिप्रोच' का दूसरा अर्थ है—डांटना, तिरस्कार करना। शाइलॉक 'रिप्रोच' के दूसरे अर्थ की ओर इंगित करता है। हिन्दी में इसका अनुवाद हो ही नहीं सकता।

2. एक अनर्गल वार्तालाप। यह शेक्सपियर का निकृष्टतम हास्य है।

उत्सवों की आवाज़ें भीतर नहीं आएं। सचमुच जेकब[1] के पवित्र दण्ड की शपथ खाकर कहता हूं, वहां जाकर रात में उन लोगों के साथ खाने की मेरी तनिक-सी भी इच्छा नहीं है, पर फिर भी मुझे जाना पड़ रहा है। अच्छा (लॉन्सलौट से) सुनो, तुम चलो! कह देना मैं आता हूं।

लॉन्सलौट: मैं आपसे पहले ही पहुंचता हूं। श्रीमती (जैसिका से), खिड़की से ज़रूर झांकना। एक यहूदिन के देखने लायक एक ईसाई भी उनमें होगा।

[प्रस्थान]

शाइलॉक: वह मूर्ख क्या कहता था?

जैसिका: वह तो 'विदा, श्रीमती' कहकर गया है।

शाइलॉक: यह मूर्ख है तो अच्छे स्वभाव का, लेकिन खाता बहुत है, मुनाफे के मामले में गोल, और इस कदर सोता है दिन में कि क्या कोई बिल्ली सोयेगी! मेरे घर में ऐसे काहिलों का क्या काम है? चलो अच्छा है, बला टली। यह बहुत ठीक रहा कि यह ऐसे घर का माल बरबाद करने पहुंचा, जहां की बरबादी ही मुझे सबसे ज़्यादा पसंद है। अच्छा जैसिका! भीतर चलो। सुनो बेटी, मैं जल्दी ही आ जाऊंगा। जो मैंने कहा है, वैसा ही करना। सब दरवाज़े बन्द कर लेना। सुनी है न कहावत, अच्छे मूंदे, अच्छे सोये? बुद्धिमान लोग इसे कभी नहीं भूलते।

[प्रस्थान]

जैसिका: विदा! यदि मेरा भाग्य मेरे विरुद्ध नहीं है, तो मैं अपने पिता और तुम अपनी पुत्री को खो दोगे!

[प्रस्थान]

---

1. यहूदियों के न्यायी पूर्वज।

दृश्य 6

[ग्रेशियानो और सैलैरिनो का प्रवेश। मुखों पर चेहरे चढ़े हैं।]

ग्रेशियानो: यही तो मकान की वह बरसाती है जहां लौरेन्ज़ो ने हमसे ठहरने को कहा था!

सैलैरिनो: लेकिन उसके आने का तो समय निकल चका!

ग्रेशियानो: सचमुच बड़े अचरज की बात है! प्रेमी तो समय से पहले पहूंचते हैं। और वह है कि विलंब कर रहा है!

सैलैरिनो: वीनस के कबूतर तो नये प्रेम पर अपनी मुहर लगाने को दस गुनी तेज़ी से उड़ते हैं। वे यह नहीं देखते कि एक वह प्रेम पूर्ण सफल हो जोकि अपनी पूर्ण स्थापना कर चुका हो![1]

ग्रेशियानो: सच कहते हो! भूख की जिस तेज़ी से आदमी खाने बैठता है, उठते वक्त उसमें वह तेज़ी कहां रहती है जब पेट भर चुका होता है? कहां है वह घोड़ा, जो लौटते वक्त भी उसी तेज़ी से आता हो जिससे पहली बार उड़ा चला जाता है? वस्तु के उपभोग का आनन्द वह तीव्रता कहां रखता है जो उसकी प्राप्ति के संघर्ष में होती है! यात्रा पर निकलने वाला जहाज़ कितना सुन्दर होता है, झंडों से सजा, बिल्कुल उसी प्रसिद्ध कहानी के पुत्र-सा जो जब कमाई करने निकला था तो अत्यन्त हर्षित था! और जब वही जहाज़ लौटता है तब पाल फट जाते हैं! लकड़ियां चर्रा जाती हैं। हवा के हाथों झकझोरा हुआ, उसी पुत्र-सा जो विदेशों में जाकर दुश्चरित्रा स्त्रियों में फंसकर सब कुछ लुटाकर लौटता है।[1]

सैलैरिनो: यह लो लौरेन्ज़ो आ गया! इस विषय पर हम फिर

---

1. पुराने प्रेम की तुलना में नया प्रेम आकर्षक होता है। वीनस प्रेम की देवी है। उसके कबूतर प्रेम पर मुहर लगाते हैं।

बातें करेंगे।

[लौरेन्ज़ो का प्रवेश]

लौरेन्ज़ो: प्रिय मित्र! सच, तुम्हें इतनी प्रतीक्षा कराने का मुझे बड़ा खेद है। लेकिन विश्वास मानो, मुझे बहुत ही आवश्यक कार्य ने रोक लिया था। जब तुम्हारा समय आएगा कि तुम अपनी प्रिया को लेकर कहीं भागोगे, तब देख लेना कि जितनी देर तुमने मेरे लिए प्रतीक्षा की है, मैं इससे कहीं अधिक समय तक रुका रहूंगा। आओ चलो। यही शाइलॉक का घर है। मेरे होने वाले ससुर का! अरे! भीतर कौन है?

[जैसिका खिड़की पर लड़के की वेशभूषा में दिखाई पड़ती है।]

जैसिका: कौन है? मैंने तुम्हारी आवाज़ तो पहचान ली है, लेकिन मुझे विश्वास दिलाने के लिए बताओ कि तुम हो कौन?

लौरेन्ज़ो: मैं लौरेन्ज़ो हूं, तुम्हारा सच्चा प्रेमी!

जैसिका: लौरेन्ज़ो! निश्चय ही तुम हो! मेरे प्रिय हो! आह! कितना प्रेम करती हूं तुम्हें मैं। और तुम्हारे सिवाय जान भी कौन सकता है कि मैं तुम्हें प्यार करती हूं!

लौरेन्ज़ो: ईश्वर जानता है, तुम्हारा हृदय जानता है कि मैं तुम्हें कितना चाहता हूं।

जैसिका: यह एक छोटी पिटारी है, जो मैं ऊपर से फेंकती हूं। इसे लपकना। छूट न जाए। यह इतनी तकलीफ उठाने से कहीं ज़्यादा कीमत रखती है। यही सौभाग्य है कि यह रात का समय है और तुम मुझे

---

1. पुत्र की कथा इंजील में आती है कि एक लड़का कमाने जाता है और अंत में सब खोकर लौटता है। पिता उसका फिर भी स्वागत करता है। इंजील में उसे भटकी हुई आत्मा का प्रतीक माना गया है।

देख नहीं सकते क्योंकि लड़के की वेशभूषा में होने के कारण मैं लज्जा से मरी जा रही हूं। किंतु प्रेम अच्छा है और प्रेमी उन मूर्खताओं को नहीं देख सकते जो वे स्वयं करते हैं। यदि वे देख पाते तो कामदेवता स्वयं ही यह देखकर लाज से गड़ जाता कि मैं पुरुष हो गई हूं।

लौरेन्ज़ो: उतरो! तुम्हें मेरा मशालची बनना है।

जैसिका: हाय! क्या मैं अपनी लज्जा को प्रकाशित करूंगी? सच! वह बहुत झीनी है। कहीं पहचान न ली जाऊ! प्रियतम! मुझे तो छिपा ही रहने दो।

लौरेन्ज़ो: तुम तो छिप ही गई हो! तुम्हें पहचान ही कौन सकता है? तुरंत उतर आयो! क्योंकि अब रात तेज़ी से सरक रही है और फिर वे सब बैसैनियो की दावत में हमारी प्रतीक्षा भी कर रहे होंगे!

जैसिका: ठहरो! मैं दरवाज़ों को खूब बंद कर दूं और कुछ और धन संग ले लूं; बस फिर नीचे आती हूं।

[प्रस्थान—ऊपर ही।]

ग्रेशियानो: सचमुच! इस स्त्री में तो कोई यहूदीपन नहीं है, यह तो पूरी ईसाइन है।[1]

लौरेन्जो: यदि मैं इससे अत्यंत प्रेम करता न होऊं तो तुम मुझे बुरा कहना। यह चतुर है, कुशल है और मुझे विश्वास है कि मेरी धारणा गलत नहीं है। अत्यन्त सुंदरी है, मेरी आंखें मुझे धोखा नहीं दे सकतीं।

---

1. शेक्सपियर के पात्र ईसाई हैं, यहूदी होना उनके लिए कुछ बहुत बुरी बात है। जो उनके लिए अच्छा है वह ईसाई है। जैसे हिंदू किसीकी पवित्रता देखकर कहते हैं: अजी वह तो पूरा ब्राह्मण है! यह भी ऐसी ही अभिव्यक्ति है, क्योंकि जैसिका उनके लिए विधर्मी है।

उसके गौरव-भरे आचरण ने प्रमाणित किया है कि वह मुझसे अत्यन्त प्रेम करती है। और ऐसी चतुर, सुन्दर और नेक स्त्री से प्रेम मैं क्यों नहीं करूंगा भला?

[जैसिका का प्रवेश—रंग-मंच की भूमि पर]

अच्छा! तुम आ गईं। चलो मित्रो! चलें। हमारे अन्य मित्र जो नाटक में भाग ले रहे हैं, हमारी प्रतीक्षा कर रहे होंगे।

[जैसिका और सैलैरिनो का प्रस्थान। ऐण्टोनियो का प्रवेश]

ऐण्टोनियो: कौन है?

ग्रेशियानो: क्या आप श्रीमान ऐण्टोनियो हैं?

ऐण्टोनियो: धिक्कार है तुम्हें ग्रेशियानो! बाकी लोग कहां हैं जो नाटक में भाग ले रहे हैं? नौ बज गए, सारे मेहमान इंतज़ार कर रहे हैं। आज रात कोई नाटक नहीं हो सकेगा। हवा का रुख बदल गया है और अनुकूल वायु के बहाव के कारण बैसैनियो को अभी-अभी बेल्मोण्ट की ओर जहाज़ में यात्रा करनी पड़ेगी। मैंने तुम्हें ढूंढ़ने को कई लोग दौड़ा रखे हैं।

ग्रेशियानो: यह तो बड़ी खुशी की बात है! जहाज़ पर आज रात ही जाऊं, इससे बढ़कर और क्या हो सकता है?

[प्रस्थान]

दृश्य 7

[बेलमोण्ट: पोर्शिया के घर का एक कमरा। तुरहियों की आवाज़। पोर्शिया का मोरक्को के राजकुमार तथा अन्य सेवकों के साथ प्रवेश]

पोर्शिया: पर्दे सरकारो और श्रीमान राजकुमार को वे डिब्बे दिखानो। आइए श्रीमान! आप डिब्बा चुनिए।

मोरक्को का राजकुमार: पहला सोने का है। क्या लिखा है इसपर? 'जो मुझे चुनता है, वह वही पाता है जिसे बहुत-से लोग चाहते हैं।' और चांदी वाले पर लिखा है—'जो मुझे चुनता है, वह वही पाता है, जिसके कि वह योग्य होता है।' और यह निकृष्ट धातु रांगा, इसपर यह क्या भद्दी-सी बात लिखी है—'जो मुझे चुनता है, वह उस सबको दांव पर लगाता है जो उसके पास है।' (पोर्शिया से) किंतु मुझे यह निश्चय कैसे हो कि मैंने ठीक ही डिब्बा चुना है!

पोर्शिया: श्रीमान राजकुमार! जो ठीक डिब्बा है, उसमें मेरा चित्र रखा है, यदि आप उसीको चुन लेंगे, तो तुरन्त मेरा विवाह आपसे हो जाएगा।

मोरक्को०: देवताओ! मेरी मदद करो! ठहरो! मैं एक बार फिर इस लिखावट को पढ़ता हूं। क्या कहती है यह लिखावट रांगे के डिब्बे की? 'जो मुझे चुनता है, वह उस सबको दांव पर लगाता है, जो उसके पास है।' देना होगा! लगाना होगा! लेकिन किसलिए! रांगे के लिए इतना खतरा मोल लेना होगा! यह डिब्बा तो मुझे डराता है। जो मनुष्य कष्ट उठाते हैं, वे केवल कुछ सुन्दर वस्तु की प्राप्ति के लिए। उच्च्य विचारों के व्यक्ति झूठी चकमक पर मोहित नहीं होते! तो फिर मैं ही इस निकृष्ट धातु रांगे के प्रति क्यों आकर्षित

होऊ? और यह श्वेत भव्य चांदी का डिब्बा क्या कहता है? लिखा है—'जो मुझे चुनता है, वह वही पाता है जिसके कि वह योग्य होता है।' ठहर जाओ मोरक्को के राजकुमार! अब निष्पक्ष दृष्टि से तनिक अपने ही विषय में चिंतन करो। यदि मैं अपने बारे में सोचूं, तो यही कहूंगा कि मैं तो बहुत पाने के योग्य हूं। लेकिन कौन जाने फिर भी मैं सुन्दरी पोर्शिया को प्राप्त करने के योग्य हूं भी या नहीं? किन्तु मैं स्वयं अपनी योग्यता के विषय में इतना शंकालु क्यों रहूं? इसका अर्थ तो यही है कि मैं अपने को हेय समझता हूं। मेरी योग्यतानुसार प्राप्ति की बात है! तब तो मैं पोर्शिया को पाने के योग्य हूं। अपने उच्चकुल, उच्चपद, धन और गौरव से मैं उसके लिए पूर्णतः समर्थ हूं। और सबसे बड़ी योग्यता का कारण तो यह है कि मैं उससे प्रेम करता हूं। तो क्या इसी डिब्बे को चुन लूं? या आगे बढ़ूं? लेकिन सोने वाले डिब्बे को एक बार फिर पढ़कर तो देखूं! कहता है—'जो मुझे चुनता है वह वही पाता है, जिसे बहुत-से लोग चाहते हैं।' सच तो यह है कि सारा संसार पोर्शिया को चाहता है। संसार के हर कोने से लोग उसके लिए आ रहे हैं। आ रहे हैं कि वे इस पवित्र देवी का चुम्बन कर सकें! यह मानो एक जीवित संत है! ईरान के भीषण मरुस्थल और विशाल अरब के बीहड़ सुनसान विस्तार इसी पोर्शिया के दर्शनों की लालसा से दुर्गम नहीं रहे, साधारण राजमार्ग की भांति बन गए हैं! क्योंकि देश-विदेशों से राजकुमार चले आ रहे हैं। अथाह महासिंधुओं का विस्तार, वह जलमय साम्राज्य जिसका उठती लहरों का सा महत्त्वाकांक्षा-भरा शीश आकाश पर थूकता है, इन विदेशियों को तनिक भी नहीं रोक पाता। वे तो पोर्शिया को देखने के लिए उसे ऐसे लांघकर आ जाते हैं जैसे वह जल की कोई

क्षीणतम धारा हो! इन्हीं तीन डिब्बों में से एक में इस सुन्दरी का दिव्य चित्र है। क्या कभी रांगे के डिब्बे में भी वह हो सकता है! ऐसा सोचना भी अत्यन्त कुरूप और जघन्य है। यह तो उसके शव को भी धारण कर लेगा, यह भी सोचना एक पाप ही है! यह तो इस योग्य भी नहीं। तो क्या वह चित्र चांदी के डिब्बे में होगा? वह चांदी, जिससे सोने का मूल्य दस गुना अधिक है! यह भी निकृष्ट विचार है। पोर्शिया के चित्र जैसा मूल्यवान रत्न कभी भी सोने से नीचे स्तर की धातु में नहीं रखा जा सकता। इसपर एक सोने का अंगरेज़ी सिक्का है, जिसपर एक फरिश्ते की तस्वीर बनी है, और वह भी बाहर की तरफ बनी है, और यहां एक जीवित देवदूत—पोर्शिया, इसके भीतर है, इसी सोने के डिब्बे में, सबकी दृष्टि से ओझल! मुझे कृपया चाबी दें। मैं यह सोने का डिब्बा चुनता हूं, जो भी भाग्य में होगा देखा जाएगा।

पोर्शिया: श्रीमन्त राजकुमार! चाबी यह रही। यदि आपको मेरा चित्र इस डिब्बे में मिलेगा तो मैं आपकी पत्नी बन जाऊंगी।

[राजकुमार सोने का डिब्बा खोलता है।]

मोरक्को०: उफ कितना भयानक! यह मैं क्या देख रहा हूं। इसमें तो एक हड्डी का कपाल रखा है और उसके खोंखल में एक कागज़ रखा है। क्या लिखा है इसपर! (पढ़ता है:)

हर चीज़ चमकती है जो, होती नहीं सोना,
तुमने नहीं सुनी है क्या ये बात कहीं पर?
बाहर की इस चमक को यों ही देखकर कितने,
बरबाद हैं नहीं हुए अनजान यहीं पर?
बाहर सज़ा जो कीमती लगता है मकबरा
भीतर सिवा कीड़ों के नहीं और है उसमें,

जितने हो वीर यदि कहीं होते चतुर वैसे,
कुछ और ही होता तुम्हारे भाग्य के घर में!
अंदाज़ गलत हो गया साबित है तुम्हारा,
आगे बढ़ो, बाकी न रहा, काम तुम्हारा!
ओ ताप विदा! शीत की ठिठुरन है तुम्हारी!
दुर्भाग्य है, श्रम भी गया, यह हार तुम्हारी!

विदा! पोर्शिया! अब समस्त सम्मानों से पूर्ण विदा लेने का धैर्य भी तो इस हृदय में नहीं रहा। मुझ जैसे पराजित प्रेमी को तो तुरंत चले जाना चाहिए।

[सेवकों के साथ प्रस्थान। तुरही-निनाद]

पोर्शिया: कितनी आसानी से छूट गई हूं। पर्दे गिरा दो। इस रंग[1] के प्रेमी मुझे इसी भांति चुनें।

दृश्य 8

[वेनिस-पथ]

[सैलैरिनो और सैलैनियो का प्रवेश]

सैलैरिनो: क्यों भई! मैंने बैसैनियो को जहाज़ पर देखा है। उसके साथ ही ग्रेशियानो भी गया है। और मुझे विश्वास है कि उस में लौरेन्ज़ो नहीं था।

सैलैनियो: लेकिन उस नीच यहूदी ने तो चिल्ला-चिल्लाकर ड्यूक से शिकायत की और वे भी अब उसके साथ बैसैनियो के जहाज़ की

1. काले रंग के प्रति उदासीनता का भाव।

तलाशी लेने गए हैं।

सैलैरिनो: लेकिन वे तो देर में पहुंचे, जहाज़ तब तक जा चुका था। लेकिन ड्यक को पता चला कि लौरेन्ज़ो और उसकी प्रिया जैसिका अन्यत्न ही एक विहार-नौका में देखे गये थे। और फिर ऐण्टोनियो ने ड्यूक से यह दृढ़ता से कहा कि वे बैसैनियो के साथ उसके जहाज़ में नहीं थे।

सैलैनियो: मैंने कभी ऐसा उलझन-भरा आवेश नहीं देखा, इतना विचित्न, इतना भयानक और फिर भी ऐसा डावांडोल तथा परिवर्तनशील! सड़कों पर वह कुत्ता यहूदी चिल्लाता था: 'मेरी बेटी! हाय मेरे रुपये! हाय मेरी बेटी! एक ईसाई के साथ भाग गई! हाय मेरा रुपया ईसाई के हाय जा लगा। न्याय दो! कानून! बचाओ मुझे! मेरे रुपये और मेरी बेटी! मुहर लगा एक थैला था, और मुहर लगे दो सिक्कों से भरे थैले थे, और वह सब मेरी ही बेटी चुरा ले गई! मेरे रत्न! दो हीरे! कितने कीमती थे वे! मेरी बेटी चुरा ले गई! न्याय दो! लड़की को पकड़ो! उसीके पास मेरे हीरे हैं, मेरे सिक्के हैं!'

सैलैरिनो: क्यों देखो न! वेनिस के सारे लड़के उसके पीछे चिल्लाते फिरते हैं:

मेरे हीरे, मेरी बेटी, मेरे सिक्के!

सैलैनियो: उस अच्छे आदमी, हां मैं अच्छा ही कहता हूं, ऐण्टोनियो को इस यहूदी का कर्ज़ नियत समय पर चुका देना चाहिए वर्ना वह आफत में पड़ जाएगा।

सैलैरिनो: कुमारी मेरी की सौगंध।[1] तुमने खूब याद दिलाया।

---

1. कुमारी मेरी—ईसा मसीह, ईसाइयों के पैगम्बर की माता, जिसने कुमारावस्था में ईश्वर के पुत्र को जन्म दिया था।

कल मेरी एक फ्रांसीसी से बातें हुई थीं। उसने बताया कि वेनिस का जहाज़, जो बहुत ही कीमती सामानों से लदा हुआ था, वह इंगलैंड और फ्रांस के बीच के समुद्र में नष्ट हो गया। मुझे फौरन ऐण्टोनियो का खयाल आ गया और मैंने मन ही मन परमात्मा से प्रार्थना की कि कहीं वह जहाज़ ऐण्टोनियो का न हो।

सैलैनियो: यही ठीक रहेगा कि तुम जो सुनो सो ऐण्टोनियो को बता दो, लेकिन ऐसे अचानक सूचना न देना कि वह दुख का धक्का नहीं झेल सके।

सैलैरिनो: सच कहता हूं। ऐण्टोनियो से बढ़कर दयालुहृदय मनुष्य मुझे तो नहीं मिला। मैंने उसे बैसैनियो से बिछुड़ते देखा था। बैसैनियो ने उससे कहा कि वह जल्दी ही लौटेगा। लेकिन ऐण्टोनियो ने कहा: 'नहीं, मेरे लिए अपने काम का हर्ज मत करना बैसैनियो! पूरा काम करके आना। कहीं ऐसा न हो कि यहूदी से मेरी लिखापढ़ी की याद करके तुम अपने प्रेम में व्याघात डालो। प्रसन्न रहो, और वहां प्रेम की सफलता प्राप्त करने योग्य बातों में ही जी लगायो।' और यह कहते हुए एण्टोनियो की आंखें आंसुओं से भर गईं। उसने मुंह फेर लिया और अत्यन्त स्नेह से उससे हाथ मिलाया। इस तरह उनका वियोग हुआ।

सैलैनियो: ऐसा लगता है कि केवल बैसैनियो के प्रेम के लिए ही ऐण्टोनियो जीवित रहता है। मैं कहता हूं, मेरे साथ चलो। उसे ढूंढ़ें और उसके गमगीन दिल को राहत पहुंचाने के लिए हम कोई लरकीब करें।

सैलैरिनो: हां चलो। फौरन चलो।

[प्रस्थान]

दृश्य 9

[बेल्मोण्ट: पोर्शिया के घर का एक कमरा]

[नैरिसा का एक सेवक के साथ प्रवेश]

नैरिसा: जल्दी करो, जल्दी। पर्दा हटा दो। अरागोन के राजकुमार शपथ ग्रहण कर चुके हैं और अब शीघ्र ही चुनाव करने आने वाले हैं।

[तुरही-निनाद। अरागोन के राजकुमार, पोर्शिया तथा अन्य सेवकों का प्रवेश]

पोर्शिया: वह देखिए, वे रहे डिब्बे, कुलीन राजकुमार! यदि आप वह डिब्बा चुन लेंगे, जिसमें मेरा चित्र है, तो तुरन्त ही हमारा विवाह हो जाएगा, किंतु यदि आप असफल रहे तो श्रीमान को चुपचाप लौट जाना पड़ेगा तुरंत।

अरागोन०: मैंने जिन तीन बातों की कसम खाई है, मैं उन तीनों का पालन करूंगा। पहली यह कि मैंने कौन-सा डिब्बा चुना, यह मैं किसीको नहीं बताऊंगा, दूसरी यह कि यदि मैं असफल रहा तो किसी भी स्त्री से विवाह नहीं करूंगा और अंतिम यह कि यदि मेरे भाग्य ने मेरा साथ नहीं दिया तो तुरंत यहां से चला जाऊंगा।

पोर्शिया: मुझ जैसी व्यर्थ वस्तु के लिए जो भी यहां आते हैं, वे यही प्रतिज्ञा करने को बाध्य होते हैं।

अरागोन०: और मैंने भी अपने को इसीके लिए प्रस्तुत किया है। मेरे भाग्य! मेरे हृदय की प्राशा पूर्ण कर! सोना, चांदी और रांगा! 'जो मुझे चुनता है, उसे अपना सब कुछ दांव पर लगाना पड़ता है।' तो जहां तक तुम्हारा सवाल है, ओ रांगे! तुम्हें तो मेरे चनाव के योग्य होने के लिए पहले सुन्दर बनना पड़ेगा। और सोने का डिब्बा क्या

कहता है? अरे देखू! 'जो मुझे चुनता है, उसे वही मिलता है, जो सब लोग चाहते हैं।' जो सब लोग चाहते हैं! सब लोग का मतलब तो हुआ कि मूर्ख भीड़ भी हो सकती है! और भीड़ असली मतलब को कब समझती है, वह तो बाहरी चमक पर लट्टू हुआ करती है। उसके अलावा वह और कुछ थोड़े ही समझती है! जैसे अबाबील बाहरी दीवार पर घोंसला बनाती है, जहां उसे आंधीपानी सब सहना पड़ता है, वैसी ही उसकी बुद्धि होती है। जो सब लोग चाहते हैं, मैं उसे नहीं चुनूंगा, क्योंकि मैं साधारण आदमियों के साथ ही नहीं कूद पडूं और बर्बर भीड़ में गिना जाऊं ऐसा मुझे बिल्कुल पसन्द नहीं। देखूं! चांदी के डिब्बे पर क्या लिखा है? शायद इसीमें वह ख़ज़ाना हो! 'जो मुझे चुनता है, उसे वही मिलता है, जिसके कि वह योग्य होता है।' खूब कहा! सचमुच ऐसा कौन है जो भाग्य को धोखा देकर सम्मान प्राप्त कर सके और भीतर गुण भी न हों? अपने ही गुण से सम्मान प्राप्त हो सकता है, यही अंतिम सत्य मानना उचित है। आह! कितना अच्छा होता यदि संपत्ति, पद और शक्ति केवल योग्यता के आधार पर प्राप्त होतीं, न कि घूसखोरी और ऐसे ही बुरे रास्तों से! तब न जाने कितने ही सम्मान पाते जो आज असम्मानित हैं! और जो आज्ञा दे रहे हैं, उनमें से जाने कितने प्राज्ञा का पालन करने को बाध्य होते! न जाने कितने ऊपर उठ जाते और कितने गिर जाते! और मेरी पसंद! मुझे चनाव जल्दी करना चाहिए! लिखा है: 'जो मुझे चुनता है वह वही प्राप्त करता है, जिसके कि वह योग्य होता है।' मैं वही प्राप्त करूंगा जिसके कि मैं योग्य हूं। मुझे इसकी चाबी दीजिए। और तुरंत मेरे भाग्य को खोलिए।

[चांदी का डिब्बा खोलता है।]

पोर्शिया: बहुत देर सोचकर भी यह नतीजा निकला।

अरागोन०: यह क्या है? एक मूर्ख चुंदे विदूषक का चित्र! इसपर कुछ लिखा भी है। पढ़ूं तो सही। यह चित्र! पोर्शिया के चित्र से कितना भिन्न! मेरी आशाओं और योग्यताओं के कितने विपरीत! 'जो मुझे चुनता है, उसे वही मिलता है जिसके कि वह योग्य होता है।' तो क्या मैं इस मूर्ख के शीश-चित्र से अधिक कुछ भी प्राप्त करने की योग्यता नहीं रखता? क्या यही मेरा इनाम है? क्या मैं इससे अधिक कुछ भी प्राप्त करने की योग्यता नहीं रखता?

पोर्शिया: अपराध करना और न्याय करना ये दो भिन्न कार्य हैं! और दोनों विपरीत प्रकृति के हैं।

अरागोन०: देखूं क्या लिखा है।

[पढ़ता है:]

चांदी है सात बार तपी आग में डलकर,
तप-तप मिला है रूप इसे दीप्त यह उज्ज्वल,
जिसका नहीं निर्णय कभी होता है गलत देख
अनुभव उसे तपा चुका है कर चुका निर्मल,
कुछ लोग हैं जो बस सुखों की चाह में पागल
ऊपर की चकमकों में सदा भागते व्याकुल
उनकी खुशी उस चाहना की भांति है चंचल
कुछ भी नहीं है सार वहां खेल है पल-पल।
कुछ और हैं जो बन बड़े फिरते हैं बुद्धिमान
भीतर मगर हैं मूर्ख ही, ऊपर से सुघर हैं—
चांदी में धरे मूर्ख के इस चित्र के समान
दिखते हैं और कुछ मगर, भीतर वे और हैं।

दौलत से छिपाए हुए फिरते हैं मूर्खता
पैसे की आड़ में चतुर बनकर हैं घूमते,
उनकी किसीसे भी भले शादी हो जहां में
रहते हैं मूर्ख ही सदा, कैसे भी झूमते!
मौका निकल गया है, चलें आप, देर क्यों?
यह चित्र सवा सेर है, हैं आप शेर क्यों?

अब अगर मैं यहां रुकता हूं तो और भी अधिक मूर्ख प्रमाणित होऊंगा। कितना मूर्ख था मैं कि पोर्शिया को चुनने आया और कितना अधिक मूर्ख हूं कि मुझे कुछ भी नहीं मिला। विदा! सुंदरी! विदा! मैं अपनी प्रतिज्ञा का पक्का बना रहूंगा और अपने दुर्भाग्य को धैर्य से सहन करूंगा!

[अरागोन का राजकुमार तथा सेवक प्रस्थान करते हैं।]

पोर्शिया: एक और पतंगा मोमबत्ती से झुलस गया। आह ये मूर्ख जो इतने चतुर बनते हैं, चुनाव के पहले कितना समय लेते हैं और सदैव ही उनकी मूर्खता गलत चुनाव करने की ओर ही उन्हें धकेल देती है।

नैरिसा: पुरानी कहावत कितनी सच्ची है कि शादी और फांसी पूरी तरह से किस्मत के हाथ हैं।

पोर्शिया: चलो, पर्दा गिरवा दो नैरिसा!

[एक सेवक का प्रवेश]

सेवक: मालकिन कहां हैं?

पोर्शिया: क्यों, मैं यहां हूं! क्या बात है?

सेवक: मालकिन! एक जवान वेनिसवासी अभी आया है। वह कहता है कि उसके स्वामी अभी आने वाले हैं। वह अपने मालिक की तरफ से बड़ी कीमती सौगात लाया है। उन्होंने नमस्ते कहलवाया

है। ऐसा सुंदर प्रेम का दूत तो मैंने नहीं देखा। सुखद ग्रीष्म ऋतु[1] की अगवानी करने वाले मधुर वसंत का अत्यंत मधुर दिवस भी अपने स्वामी के आने की सूचना देने वाले इस सेवक की भांति सुंदर नहीं होता।

पोर्शिया: बस-बस! इतनी प्रशंसा क्यों उंडेल दे रहा है। कहीं इतनी तारीफ करने के बाद यह मत कहना कि नया अतिथि तेरा ही रिश्तेदार भी है। चलो नैरिसा! मैं उस प्रेमदूत को देखने को आतुर हो उठी हूं जो इतने माधुर्य और सौंदर्य का प्रतीक बनकर आया है।

नैरिसा: हे कामदेव! ऐसा कर कि यह बैसैनियो ही हो।

[प्रस्थान]

---

1. यूरोप में ग्रीष्म ऋतु सुहानी मानी जाती है, क्योंकि वहां जाड़ों में कुहरा, बर्फ़ आदि रहते हैं।

तीसरा अंक

दृश्य 1

[वेनिस-पथ]

[सैलैनियो और सैलैरिनो का प्रवेश]

सैलैनियो: सट्टा बाज़ार की क्या खबर है?

सैलैरिनो: अभी तो यही बात पक्की मानी जा रही है कि एण्टोनियो का माल से लदा जहाज़ इंगलिश चैनल की लहरों में डूब गया। शायद उस स्थान को गुडविन सेंड्स कहते हैं। वह एक बहुत ही खतरनाक रेतीला तीर है जहां बहुत बड़े-बड़े और मज़बूत जहाज़ भी डूब गए हैं। अगर अफवाह को इस बार सत्य माना जाए तब न? अक्सर ही इन अफवाहों से कितनी गलतफहमियां पैदा हो जाती हैं।

सैलैनियो: मैं कितना नहीं चाहता कि यह एण्टोनियो के जहाज़ के नाश की खबर भी वैसी ही झूठ निकले जैसी वह बुढ़िया वाली झूठ है जो अदरक-मिला केक खाती रही और अपने पड़ोसियों को यह खयाल देती रही कि वह अपने तीसरे पति की मौत पर रो रही थी। लेकिन सारी बड़ी बातों को छोड़कर, बिना इधर-उधर भटके सचाई तो यह है कि ऐण्टोनियो बहुत ही उदात्त और उदार है। काश, मैं उसकी प्रशंसा के लिए नये ही शब्द ढूंढ़ पाता!

सैलैरिनो: अपनी बात तो पूरी करो। मैं अंतिम वाक्य सुनने के लिए आतुर हो रहा हूं।

सैलैनियो: क्या कहते हो? सारांश यही है कि ऐण्टोनियो का एक

जहाज़ डूब गया है।

सैलैरिनो: एक तो पहले ही वह नुकसान उठा चुका है और यह और! हे भगवान! ऐसा न कर!

सैलैनियो: भगवान तुम्हारी बात पर तथास्तु कहें। कहीं शैतान (शाइलॉक) न आ टपके यहां अड़ंगा डालने को। लो, वह आ रहा है।

[शाइलॉक का प्रवेश]

अरे शाइलॉक! सट्टा बाजार की ताज़ा खबर क्या है?

शाइलॉक: तुम स्वयं ही जानते हो और फिर तुमसे बढ़कर इस मामले में कौन जानता है सैलैरिनो! कि मेरी लड़की जैसिका भाग गई है।

सैलैरिनो: यह तो सच है। जहां तक मेरा सवाल है, मैं तो उस दर्जी को भी जानता हूं जिसके बनाए कपड़े पहनकर वह भागी है।

सैलैनियो: पर शाइलॉक! तुम नहीं जानते कि तुम्हारी लड़की बिलकुल जवान हो गई है और जवान होने पर लड़कियां हमेशा मां-बाप को छोड़ जाया करती हैं।

शाइलॉक: अरे मुझे छोड़कर क्या गई, अपना सत्यानाश कर गई।

सैलैरिनो: हां, अगर शैतान इन्साफ करेगा तब तो वह यही कहेगा कि उसका नाश हो गया।

शाइलॉक: मैं इस बात को कभी स्वीकार नहीं कर सकता कि मेरी ही बच्ची मुझसे ही बगावत करे! मेरे ही खिलाफ!

सैलैरिनो: तुम्हारी देह में और जैसिका की देह में अब उतना ही भेद है जितना कोयले और हाथीदांत में। तुम्हारे और उसके रक्त में

वही भेद है जो सफेद और लाल शराब में। पर क्या तुमने समुद्र में ऐण्टोनियो के जहाज़ के डूब जाने की भी कोई खबर सुनी है?

शाइलॉक: यह दूसरी बुरी खबर है, क्योंकि इससे ऐण्टोनियो मुझे बड़ा नुकसान पहुंचाएगा; वह तो यारों को उधार दे-देकर ही नंगा हो गया है। वह इतना बरबाद हो गया है कि उसमें तो सट्टा बाज़ार तक पाने की हिम्मत ही नहीं रही है। वहीं वह एक वक्त कितना सजा-धजा, उम्दा-उम्दा कपड़े पहनकर आया करता था, पर उसके पास अब क्या धरा है? लेकिन मुझे चुका दे, बस यही ध्यान रखे। मुझे तो वह अभिशप्त ऋणदाता कहता था। अपने प्रतिज्ञापत्र का स्मरण रखे। ईसाई होने के नाते वह तो बिना ब्याज के रुपये उधार दिया करता था। उसे अपने प्रतिज्ञा-पत्र की याद रखनी चाहिए।

सैलैरिनो: अच्छा, मान लो ऐण्टोनियो समय पर तुम्हारा धन न दे सका, तो मुझे विश्वास है कि तुम उसका मांस नहीं काटोगे। उसके मांस का तुम करोगे भी क्या?

शाइलॉक: मैं उस गोश्त को मछलियां पकड़ने के लिए इस्तेमाल करूंगा। अगर और कोई फायदा मुझे नहीं होगा तो कम से कम मेरी यह प्रतिहिंसा तो तृप्त होगी, जो उसके प्रति मेरे मन में पलती आ रही है। उसने अन्य व्यापारियों में मेरे मान को घटाया है और बिना ब्याज के रुपया उधार दे-देकर उसने मुझे बड़ी भारी हानि भी पहुंचाई है। वह तो मेरी हानि पर आनंद मनाता रहा है और मेरे लाभ का तो उसने सदा मज़ाक उड़ाया है। उसने मेरी सफलताओं का विरोध किया है, नीचा दिखाया है और वह तो हम यहूदियों को निकृष्ट समझता है। वह मेरे हर व्यापारिक मामले में

टांग अड़ाता है, और न सिर्फ उसने मेरे दोस्तों को मुझसे दूर कर दिया है, उसने मेरे शत्रुओं को मेरे विरुद्ध भड़काया भी है। और यह सब किसलिए? सिर्फ इसलिए कि मैं एक यहूदी हूं। लेकिन एक यहूदी में और आदमियों से फर्क ही क्या है? क्या यहूदी के औरों की तरह आंख, हाथ, इंद्रिय, चेतना और इच्छाएं नहीं होती? क्या वह भी वही खाना नहीं खाता? क्या वह भी उन्हीं शस्त्रों से घायल नहीं होता? क्या वह भी उन्हीं रोगों से पीड़ित नहीं होता? क्या वह भी उन्हीं दवाओं से ठीक नहीं हो जाता? क्या ईसाइयों की भांति ही यहूदियों को गर्मी में गर्मी और जाड़ों में सर्दी नहीं लगती? क्या तुम हममें शस्त्र भोंकते हो तो हमारा लहू नहीं बहता? क्या तुम्हारे गुलगुली मचाने पर हमें हंसी नहीं आती? क्या तुम्हारे विष देने पर हम भी ईसाइयों की भांति ही नहीं मर जाते? तुम हमें हानि पहुंचाते हो तो क्या हममें प्रतिहिंसा भी नहीं जागनी चाहिए? यदि हम तुमसे इन सब बातों में मिलते हैं, तो हम अपनी हानि करने वालों से प्रतिशोध लेने में भी तुम्हारे समान ही रहेंगे। यदि यहदी किसी ईसाई की हानि करता है तो क्या वह बदला नहीं लेता? लेता है, लेता है! अगर ईसाई एक यहूदी को नुकसान पहुंचाता है, क्या उसे भी एक ईसाई की भांति प्रतिशोध नहीं लेना चाहिए? बदला लेने में मैं तो तुम ईसाइयों के उदाहरण का ही अनुसरण करूंगा। सारे शाप मुझे ग्रस लें यदि मैं ईसाई से प्रतिशोध लेने में कोई कमी दिखाऊं! मैं भी उन्हींकी भांति उत्कट घृणा दिखलाऊंगा।

[एक सेवक का प्रवेश]

सेवक: श्रीमान्! स्वामी ऐण्टोनियो अब घर पर हैं और आप दोनों से कुछ बातें करना चाहते हैं।

सैलैरिनो: हम तो उन्हें हर जगह ढूंढ़ते फिर रहे हैं।

[व्यूबाल का प्रवेश]

सैलैनियो: यह लीजिए। इसकी ही जाति का एक और व्यक्ति आ गया। इन दोनों यहूदियों से बदमाश तीसरा ढूंढ़े से भी नहीं मिलेगा, बशर्ते कि शैतान ही खुद अब यहूदी नहीं बन जाए।

[सैलैनियो, सैलैरिनो और सेवक का प्रस्थान]

शाइलॉक: कहो व्यूबॉल! क्या खबर लाए हो जिनोआ से? क्या मेरी पुत्री वहां मिली?

व्यूबॉल: मैंने तो जहां-जहां उसकी खबर सुनी, वहीं-वहीं गया, पर वह मुझे तो कहीं भी नहीं मिली।

शाइलॉक: कितना दुर्भाग्य है, क्योंकि वह एक ऐसा कीमती हीरा भी अपने साथ ले गई है जिसे मैंने जर्मनी में फ्रैंकफोर्ट के मेले में 2000 ड्यूकैट देकर खरीदा था। कभी भी यहूदी जाति पर अब कासा अभिशाप नहीं पड़ा! कम से कम मैंने तो अनुभव नहीं किया। 2000 सिक्के चले गए, सिर्फ इसलिए कि जैसिका अन्य रत्नों के साथ उस हीरे को भी ले गई! बहुत कुछ ले गई वह तो! काश, वे सारे गहने और जवाहरात पहने हुए आकर मेरे चरणों पर गिरकर मर जाती! मेरे सारे सिक्के लिए काश वह ताबूत में बंद मेरे पास पड़ी होती। कम से कम इस तरह मेरे सिक्के और मेरे जवाहरात तो मेरे पास लौट आते! लेकिन अभी तक इन भागने वालों का कुछ भी पता नहीं लगा है और उन्हें ढूंढ़ने में ही मेरी बहुत हानि हुई है। बजाय इसके कि इससे मुझे लाभ होता, नुकसान पर नुकसान हो रहा है। चोर ले गया इतना माल! और अब चोर की ढुंढ़ाई में फिर गया इतना माल! न कोई तृप्ति, न प्रतिशोध, कोई दुर्भाग्य नहीं जो मेरे कंधों पर नहीं उतरता, कोई आह नहीं, सिर्फ

मेरी सांसें और आंसू भी कहीं हैं तो बस मेरी आंखों में।

ट्यूबॉल: नहीं, तुम्हीं एक अकेले अभागे नहीं हो। मैंने जिनोआ में सुना था कि ऐण्टोनियो...

शाइलॉक: क्या? क्या सुना था? कहो न? मुसीबत पड़ी है? दुर्भाग्य छाया है?

ट्यूबॉल: उसका त्रिपोलिस से आने वाला एक जहाज़ डूब गया।

शाइलॉक: हे भगवान्! हे दयालु! क्या यह सच है? क्या यह ठीक है?

ट्यूबॉल: उस डूबे जहाज़ के कुछ बचे हुए खलासियों से मैंने बातें की थीं।

शाइलॉक: मेरे प्यारे ट्यूबॉल, मैं तुम्हें धन्यवाद देता हूं। बड़ी प्यारी खबर है। तुम्हें वे लोग जिनोआ में मिले थे?

ट्यूबॉल: हां, जिनोआ में ही मैंने तुम्हारी लड़की के बारे में सुना था कि वह वहां एक रात रुकी थी और उसने उसी रात में अस्सी ड्यूकैट खर्च कर डाले थे।

शाइलॉक: कितनी निर्ममता से चोट कर रहे हो मुझपर! वह धन तो मैं सदा के लिए खो चुका। हे भगवान्! एक बैठक में ही अस्सी सिक्के लुटा दिए। अस्सी सिक्के!

ट्यूबॉल: जिनोआ से मेरे साथ कुछ ऐसे लोग भी आए हैं वेनिस तक, जिन्होंने ऐण्टोनियो को कर्ज़ दे रखा है। उन सबका निश्चय है कि बहुत शीघ्र ही अब ऐण्टोनियो दिवालिया हो जाएगा।

शाइलॉक: वाह-वाह! क्या उम्दा खबर है। अब मैं उससे अपना बदला लूंगा। मैं उसका दिल निकालूंगा। यह सुनकर तो मैं सचसुच बहुत खुश हुआ हूं।

ट्यूबॉल: एक सौदागर ने मुझे एक अंगूठी दिखाई थी जो तुम्हारी लड़की की थी, जिसे देकर जैसिका ने एक बंदर खरीदा था।

शाइलॉक: सत्यानाश जाए उसका! ट्यूबॉल! तुम्हारे शब्द मुझे काटे दे रहे हैं। वह अंगूठी जिसपर नीला नग जड़ा था, वह मेरे विवाह के पहले मेरी पत्नी ने मुझे उपहार में दी थी। मैं एक बंदर क्या पूरे बंदरों के जंगल के बदले में भी उस अंगूठी को न देता।

ट्यूबॉल: लेकिन ऐण्टोनियो का तो टाट पलट गया, इसे पक्की बात मानो!

शाइलॉक: जो तुम कहते हो वह बिल्कुल ठीक है। मेरे लिए एक अफसर ढूढ़ो और दो हफ्ते के लिए उसे मेरे काम के लिए तय कर लो। अगर वह रुपया नहीं चुकाता तो मैं तो उसका हृदय निकालूंगा। एक बार वह वेनिस से निकल जाए तो खूब पैसा पैदा कर सकता हूं। चलो ट्यूबॉल! मुझसे पवित्र मंदिर में मिलना, बस वहीं मिलेंगे, भूल न जाना।

[प्रस्थान]

दृश्य 2

[बेल्मोण्ट; पोर्शिया के घर का एक कमरा]

[बैसैनियो, पोर्शिया, ग्रेशियानो, नैरिसा और सेवकों का प्रवेश]

पोर्शिया: मैं कहती हूं, आप तनिक रुकिए न। एक-दो दिन ठहरिए, बाद में डिब्बा चुन लीजिएगा। क्योंकि अगर गलत चुन लिया तो फिर आप यहां रुक थोड़े ही पाएंगे! इसीलिए ज़रा रुकिए।

मुझे न जाने क्यों, लगता है, प्रेम की बात नहीं है, कि आप मुझसे नहीं बिछुड़ेंगे। और आप स्वयं जानते हैं कि ऐसी सलाह से आप यह मतलब नहीं लगाएंगे कि मैं आपको नहीं चाहती। लेकिन कहीं आप मुझे गलत न समझ जाएं। और फिर स्त्री सोचती ही रह जाती है, कह भी तो नहीं पाती। महीने दो महीने ठहरिए, फिर उस खतरे में हाथ डालिए। मैं ही आपको तरकीब सिखाऊंगी कि आप ठीक डिब्बा कैसे चुनें, पर क्या करूं यह तो विश्वासघात होगा और यह मैं कभी नहीं करूंगी। हो सकता है, आप मुझे नहीं पा सकें। लेकिन इस खयाल के आते ही मेरी इच्छा होती है कि मैं वह भी कर डालूं जिसकी कि मुझे आज्ञा नहीं है। अपनी प्रतिज्ञा तोड़ दूं! बला आए आपकी इन आंखों पर जिन्होंने मुझपर जादू कर दिया है और मेरे दिल के दो हिस्से कर दिए हैं—एक में आपके प्रति प्रेम है और दूसरे में मेरे स्वर्गीय पिता के प्रति मेरा कर्तव्य! पर जिसे मैं अपना कहती हूं वह भी तो आपका ही है। मैं तो बिल्कुल आप ही की हो गई। अभिशप्त है यह दिन कि स्वामी और उसकी संपत्ति के बीच एक भीत खड़ी है। प्रेम के क्षेत्र में मैं आपकी हूं। किंतु आपकी स्त्री तो नहीं हूं। कहीं आपने गलत चुनाव करके मुझे नहीं प्राप्त किया तो भाग्य ही उजड़ गया समभिए! अरे, मैं कितना क्या कुछ नहीं बक गई? पर केवल इसीलिए कि आपको जल्दी चनाव के इस जंजाल से रोक सकूं!

बैसैनियो: पहले मुझे चुनाव करने दो, क्योंकि अनिश्चय की परि-स्थिति में अधिक दिन तक रुका रहना मेरे लिए संभव नहीं है। इससे तो मेरी यातना बड़ी तीव्र होगी, और मैं लटका ही रहूंगा।

पोर्शिया: लटके तो देशद्रोही रहते हैं। आओ उस धोखे को स्वीकार करो जोकि तुम्हारे प्रेम से मिला हुआ है।

बैसैनियो: कोई धोखा भी है, यह न सोचो। मैं तो संदेह के उन भावों का शिकार हूं, जो मुझे यह डर दिखाते हैं कि कहीं तुम्हारा प्रेम प्राप्त करने में मैं असफल न रह जाऊं। मेरे प्रेम में धोखा कहां? बर्फ और आग क्या मित्रों की भांति साथ-साथ रह सकती हैं?

पोर्शिया: लेकिन मैं विश्वास नहीं करती। पुरुषों का क्या? अपनी मुसीबत टालने को वे न जाने किस मौके पर क्या कह जाते हैं!

बैसैनियो: यदि तुम जीवनदान देने का आश्वासन दो; तो मैं असली बात बता सकता हूं।

पोर्शिया: कहो और जियो!

बैसैनियो: कहूं और प्रेम करूं—यही मेरी असली बात का सारा सारांश है। यह कैसी आनंददायिनी यातना है कि मुझे सताने वाला ही मुझसे कहता है कि मैं अपनी वेदना से मुक्त हो जाऊं? मुझे डिब्बों के पास ले चलो। मैं अपने भाग्य का निर्णय करना चाहता हूं।

पोर्शिया: अच्छी बात है, चलो। मैं इनमें से एक में बंद हूं। यदि तुम मुझसे प्रेम करते हो तो अवश्य मुझे ढूंढ़ निकालोगे। नरिसा, और सब लोग एक तरफ हो जाओ! चुनाव के समय मधुर संगीत होने दो, ताकि यदि ये असफल भी हो गए तो उस हंस के समान संगीत-माधुरी में तन्मय लौट सकें जोकि मरते समय गाता है।[1] और इस तुलना को पूर्ण करने के लिए मेरे नयनों से गिरते अश्रु धारा का काम देंगे। किंतु यदि ये सफल होते हैं तो संगीत ही तूर्यनाद हो जाएगा, जैसेकि

1. कवि-सत्य—यूरोप में प्रचलित।

सिंहासनारोहण करते समय नये राजा के लिए होता है। और यह संगीत उतना ही मधुर होगा, जितना कि सुखनिंदिया से दूल्हे को विवाह के दिन के लिए जगाने वाला संगीत होता है। बैसैनियो महावीर हरक्यूलीज़ की भांति बढ़ते हैं, किन्तु हरक्यूलीज़ तो केवल योद्धा था, उसमें इनका सा प्रेम कहां था। ठीक वैसे ही जैसे ट्रॉय के राजा लाओमिडॉन की पुत्री हिसिओन को उस समय हरक्यूलीज़ छुड़ाने गया था जबकि ट्रॉय की रोती हुई प्रजा राजकुमारी को समुद्री दैत्य की बलि चढ़ाने जा रही थी। मैं खड़ी हूं यहां उसी हिसिओन की भांति, और यह नैरिसा, ये मेरी सेविकाएं खड़ी हैं उन ट्रॉय नगरवासिनी स्त्रियों की भांति जो उस महान साहसपूर्ण कार्य को अश्रुपूर्ण नयनों से देख रही थीं।

बढ़ो! मेरे हरक्यूलीज़! तुम्हारी सफलता पर मेरा जीवन, मेरे जीवन का आनंद निर्भर है। यदि तुम असफल होते हो तो वही मेरे लिए मृत्यु है। मैं इस संघर्ष को तुमसे भी अधिक लगाव से देखूंगी, क्योंकि तुम भी इससे इतने प्रभावित नहीं होओगे।

[बैसैनियो जब डिब्बों का निरीक्षण करता हुआ अपने-आप बोलता है, तब संगीत सुनाई देता है।]

[गीत]

क्षणभंगुर अस्थायी चंचल—
प्रेम कहां रहता है छिपता?
मन में, या विचार में बोलो,
कब जन्मा वह कैसे पलता?
बोलो, बोलो!

नयनों में वह जन्म नया धर
रहता तब तक जीवित निर्भर

जब तक लक्ष्य उसे है दिखता,
सच्चा प्रेम नहीं यह करता!
ऐसे छलमय चपल प्रेम को
दूर हटाओ, दूर हटाओ,
मैं घंटे अब करूं निनादित
चलो विदा दो उसको आओ!

सब: चलो विदा दो उसको, आओ!

बैसैनियो: इसी प्रकार वस्तु के बाह्य रूप और आंतरिक रूप एक-दूसरे से सुदूर हो सकते हैं। संसार केवल बाह्यरूप से ही प्रतारित होता रहता है। न्यायालय में जब तर्क नहीं रहता, तब भी वकील के शब्दाडंबर से कुरूप अन्याय छिपा रह जाता है। धर्म के क्षेत्र में कोई भी अनर्गलता क्यों न हो, शास्त्र का प्रमाण देकर सब कुछ को स्वीकार कर लिया जाता है! कौन-सी कुरीति या बुराई नहीं है जो अपने को किसी अच्छाई के जाल से नहीं ढके रहती? कितने ऐसे कायर, जिनके हृदय धसकती बालू से भी कच्चे होते हैं, देखने में परमवीर हरक्यूलीज़ की सी दाढ़ी नहीं रखते, जो युद्ध-ग्रह मंगल देवता की भांति कठोर दृष्टि से नहीं देखते? किन्तु न उनमें साहस होता है, न शक्ति ही। सौंदर्य को ही लें! कितना ही तो उस शृंगार और प्रसाधन के कारण आकर्षक होता है, चाहे वह सामग्री हाट से कितने ही ऊंचे मोल पर क्यों न खरीदी गई हो। किन्तु ये बाह्य शृंगार तो ठोस नहीं होते। यह तो कृत्रिम सौंदर्य होता है। मिथ्यारूपसी के सुनहले सांपों-से लहराते घुंघराले केशों के साथ क्या यह सत्य नहीं होता कि वे किसी मृत स्त्री के ही होते हैं, जिन्हें वह अपने ऊपर लगा लेती है? आभूषण तो एक भयानक समुद्र के प्रतारण-भरे तीर होते

हैं। वे तो उस सुन्दर अवगुंठन की भांति होते हैं जो एक कृष्णवर्ण भारतीय सुन्दरी के मुख को ढके रहते हैं। ये चतुर जाल तो बुद्धिमानों को भी ठग लेते हैं। ये सत्य होते नहीं, सत्य-से लगते अवश्य हैं। इसलिए ओ चमकदार सोने! अतीत के राजा माइडास के भोजन![1] मुझे तुझसे कोई काम नहीं। ओ चांदी! मनुष्य और मनुष्य के बीच ओ माध्यम के दीन साधन! मैं तो इस दरिद्र रांगे को चुनूंगा क्योंकि यह कोई झूठा-सा वादा नहीं करता। इसकी सुस्ती मुझे बुलाती है, न कि सोने और चांदी की चमक मुझे लुभा सकेगी। मैं इसीको चुनता हूं, और मुझे लगता है कि यही मुझे सफलता दिलाएगा।

पोर्शिया: (स्वगत) कितनी शीघ्र ही वे संदेहात्मक विचार, आतुर निराशा, कांपता भय, हरी आंखों वाली ईर्ष्या जैसे भाव विलीन हो गए। आह रे प्रेम! अपने आनन्द पर संयम कर, अपने हर्ष को क्रमशः मेरे मानस पर प्रस्रवित कर। कहीं उसकी अति न हो जाए। विभोर सुख सीमित रह; कहीं मर्यादा का अतिक्रमण न हो जाए।

बैसैनियो: क्या है इसमें?

[डिब्बा खोलकर]

सुन्दरी पोशिया का चित्र! किस दिव्य चित्रकार ने यह अद्भुत सौन्दर्य अंकित किया है। क्या ये नयन हिल रहे हैं या मेरे ही हिलते नयनों को ये चल दिखाई दे रहे हैं। ये अधखुले अधर, ऐसा लगता है जैसे इनमें से मधुश्वास निकल रहा है। यही श्वास दो अभिन्न मित्रों को इतनी दूर भी कर सका है। इसीके केश-पाश के चित्रण में मानो एक

---

1. माइडास के स्पर्श से हर वस्तु सोना बन जाती थी। जब उसने गर्म खाना मुंह में रखा तो वह सोना बन गया और इस प्रकार मुख जल गया।

जाला[1] बुन दिया है चित्रकार ने, कि इस सुवर्ण की सी झिलमिल में मनुष्यों के हृदय फंस जाएं। इतनी शीघ्र कि पतंगे भी नहीं फंसते होंगे। नयनों का वह अंकन भी कैसे करता। एक को बनाते-बनाते ही वह अपने दोनों को भूल चुका होगा। किन्तु फिर भी तो यह छाया क्या मूल सौन्दर्य की तुलना में रखी जा सकती है? और मेरे शब्द तो इस छाया का भी सौंदर्य पूरी तरह से प्रकट करने में असमर्थ हो रहे हैं। यह क्या लिखा है, मेरे भाग्य की व्याख्या है, या सारांश...पढ़ूं इसे.....

[पढ़ता है।]

तुम जोकि नहीं भूलते हो देखकर झिलमिल
किस्मत के हो बुलंद तुम चुनते हो ठीक ठौर,
मिलती है भाग्य से तुम्हें जो चीज़ यहां पर
इसमें ही रहो खुश, न कहीं ढूंढ़ना कुछ और,
इससे अगर प्रसन्न हो, मन में हो समझते,
आनंद प्राप्त कर लिया, बाधा नहीं सहनी,
तो देख लो मुड़कर खड़ी है जो सुन्दरी पास
उसका करो तुम प्रेम से चुम्बन समझ अपनी।

क्या बात लिखी है! प्रिये पोर्शिया! आज्ञा दो कि मैं तुम्हारा चुंबन कर सकूं। (चुम्बन करके) मैं तो लिखित के अनुसार तुम्हारा चुम्बन करने आया हूं और बदले में एक और प्राप्त करने का भी अधिकारी हूं। मैं तो अपने को एक प्रतियोगिता का पात्र समझ रहा था, जिसमें विजेता को पुरस्कार मिलना था। ऐसा व्यक्ति जब भीड़ को जय-जयकार करते देखता है तब वह समझता है कि वह विजयी हुआ है, किंतु आशा और

1. शेक्सपियर ने मकड़ी का जाला लिखा है, जो अच्छा नहीं लगता।

आशंका में डावांडोल वह निर्णय नहीं कर पाता कि वह कोलाहल उसके लिए ही हो रहा होता है या उसके प्रतिद्वन्द्वी के लिए। ओ सुन्दरी! यही हाल मेरा है, क्योंकि जब तक तुम अपने अधरों के चुम्बन से हस्ताक्षर नहीं करोगी, मद्रा नहीं लगा दोगी, तब तक अपनी विजय के बारे में मुझे संदेह ही बना रहेगा।

पोर्शिया: मेरे स्वामी बैसैनियो! आप देखते हैं, मैं आपके सामने खड़ी हूं। जहां तक मेरा प्रश्न है, मैं जो कुछ हूं उसी में संतुष्ट हूं और कुछ भी अधिक नहीं होना चाहती। किंतु आपके लिए मैं साठ गुना, हज़ार गुना अधिक सुंदर हो जाना चाहती हूं. दस हज़ार गुना धनी हो जाना चाहती हूं। मैं तो रूप, गुण, धन, और मित्रों, सब कुछ में सर्वश्रेष्ठ हो जाना चाहती हूं ताकि आपकी दृष्टि में मेरा मूल्य कहीं अधिक बढ़ जाए। किंतु मैं क्या हूं? एक प्रशिक्षित, अयोग्य और अनुभवहीन बालिका से अधिक तो कुछ भी नहीं। किंतु भाग्य से मैं अभी तरुणी हूं और सीख सकती हूं क्योंकि स्वभाव और शिक्षा से मैं सुस्त नहीं हूं कि मैं सीख ही नहीं सकूं, और आपको मैंने स्वामी-रूप से प्राप्त किया है इससे बढ़कर मेरे लिए क्या है? मुझे पथ-प्रदर्शन करने को आप जैसे गुरु प्राप्त हुए हैं! अब मैं और जो कुछ मेरे पास है, आप ही उस सबके स्वामी हैं। अभी तक मैं ही इस विशाल भवन की स्वामिनी थी, इन सेवकों की रानी थी, रानी थी अपनी भी, किंतु अब यह भवन, ये सेवक और स्वयं मैं भी आपकी हूं प्रभु! यह अंगूठी आपको देते हुए मैं सब कुछ आपको देती हूं। यदि आप इसे खो देंगे या किसी अन्य को दे देंगे तो यह स्पष्ट प्रकट कर देगा कि आप मुझसे प्रेम नहीं करते और तब मैं आपका इसके लिए तिरस्कार करूंगी।

बैसैनियो: श्रीमती! मैं अपनी भावनाओं को व्यक्त करने के लिए

उपयुक्त शब्द नहीं पा रहा हूं। आवेग ने मुझे ग्रस लिया है और शब्दों के अभाव ने मुझे और मेरी सारी शक्तियों को संकट में डाल दिया है। ऐसे ही जैसे आनंद की सीमा का उपप्लव हो जाने पर उस समय लोगों की अवस्था हो जाती है, जब वे अपने प्रिय शासक का मधुर भाषण सुनने पर आनंद से उद्वेलित गुंजन करते हैं। और तब अनेक स्वरों में उठने वाला वह गुणगान ध्वनियों के गुथ जाने से स्पष्ट सुनाई नहीं देता, केवल जय-जयकार-सा प्रकट होता है। यदि यह अंगूठी मेरे पास नहीं रहेगी तो मेरा जीवन भी पास नहीं रहेगा। अरे, स्पष्ट समझ लो कि तब बैसैनियो मर जाएगा।

नैरिसा: श्रीमती और स्वामी बैसैनियो! हम जो इतने दिनों से अपनी मनोकामना के पूर्ण होने की प्रतीक्षा कर रहे थे, आप दोनों को हार्दिक बधाई देते हैं। आप दोनों सदैव सुखी रहें।

ग्रेशियानो: श्रीमान बैसैनियो और श्रीमती! मैं आपके मनोवांछित सुखों की कामना करता हूं, क्योंकि मुझे निश्चय है आप भी मेरे लिए वही कामना करेंगे। जब आपका विवाह हो, मैं प्रार्थना करता हूं कि मुझे भी तभी विवाह करने की आज्ञा दी जाए।

बैसैनियो: अवश्य! यदि तुम पत्नी खोज सको!

ग्रेशियानो: मैं आपको धन्यवाद देता हूं वह तो आपकी कृपा से मुझे मिल ही गई। श्रीमान्! सौंदर्य की परख में आपका ज्ञान जितना कुशल है उतना ही मेरा भी है। आपने स्वामिनी से प्रेम किया, मैंने सेविका से और प्रेम के विषय में मैं भी विलंब नहीं चाहता। जिस प्रकार आपके प्रेम की सफलता असली डिब्बे के चुनाव पर निर्भर थी, उसी प्रकार मेरे प्रेम की सफलता आपके द्वारा ठीक डिब्बे का चुनाव किए जाने पर निर्भर थी। मैंने उससे घोर याचना की और इतनी कि मैं थक

गया, अन्त में उसने मुझसे प्रतिज्ञा की—यदि प्रतिज्ञा का विश्वास किया जा सके—कि वह मुझसे तभी विवाह करेगी जब आप उसकी स्वामिनी से विवाह कर सकेंगे।

पोर्शिया: नैरिसा! क्या यह सत्य है?

नैरिसा: हां श्रीमती, है तो सत्य! अब यदि आप प्रसन्न हों।

बैसैनियो: क्या तुम सचमुच इस विषय में गंभीर हो?

ग्रेशियानो: हां, श्रीमान्।

बैसैनियो: हमारी शादी की दावत तुम्हारी शादी की वजह से कहीं ज़्यादा इज़्ज़त हासिल करेगी।

ग्रेशियानो: कौन आ रहा है? लौरेन्ज़ो और उसकी विधर्मी स्त्री? और कौन? मेरा वेनिसवासी पुराना मित्र सैलैरियो?

[लौरेन्जो, जैसिका और सैलेरियो का प्रवेश]

बैसैनियो: स्वागत लौरेन्ज़ो और सैलैरियो! आओ! यदि इस घर का सद्यःप्रभुत्व मुझे अधिकार देता है तो मैं तुम्हारा यहां स्वागत करता हूं और मेरा यह कार्य पूर्णतः न्याय्य है। सुंदरी प्रिये पोर्शिया! आज्ञा दो कि मैं अपने प्रिय मित्रों और स्वदेशबंधुओं का इस घर में स्वागत करूं।

पोर्शिया: उनका स्वागत है स्वामी! वे हमारे अतिथि हैं।

लौरेन्ज़ो: मैं श्रीमान को धन्यवाद देता हूं। जहां तक मेरा प्रश्न है श्रीमान्! मेरा इरादा यहां प्रापसे मिलने का नहीं था। मुझे तो योंही सैलैरियो से मिलना था। उसने मुझे ऐसे ज़ोर देकर बुलाया था कि मेरे लिए अस्वीकार करना असम्भव हो गया। और मैं उसके साथ ही आ गया।

सैलैरियो: यह ठीक है श्रीमान्! और इसकी वजह भी थी। श्रीमन्त

ऐण्टोनियो ने आपको अपनी शुभकामनाएं भेजी हैं।

[सैनियो को एक पत्र देता है।]

बैसैनियो : इससे पहले कि मैं उनका पत्र खोलूं, मैं प्रार्थना करता हूं कि आप पहले मुझे मेरे मित्र के बारे में बताएं कि वे सकुशल तो हैं!

सैलैरियो : नहीं श्रीमान्, वे बीमार नहीं हैं, दिमागी परेशानी की तो मैं क्या कह सकता हूं? उन्हें शांति और सांत्वना की आवश्यकता है। उनके पत्र से ही आपको उनकी हालत का अंदाज़ा हो जाएगा।

[बैसैनियो पत्र पढ़ता है।]

ग्रेशियानो: नैरिसा! आगंतुक का स्वागत करो और उन्हें अपनी ओर से शुभ वचनों का प्रदान करो। सैलैरियो, आओ, मुझसे हाथ मिलाओ। वेनिस से क्या खबर लाए हो? दयालु श्रेष्ठिराजकुमार ऐण्टोनियो कैसे हैं? मुझे निश्चय है कि वे हमारी सफलता का संवाद सुनकर अत्यंत प्रसन्न होंगे। हम लोग जेसन की भांति हैं और हमने सुनहली ऊन प्राप्त कर ली है[1]

सैलैरियो: काश, तुम वह सुनहली ऊन हासिल कर पाते जो ऐण्टोनियो ने खो दी है।[2]

पोर्शिया: इन कागजों में अवश्य कोई बुरी खबर है क्योंकि बैसैनियो के चेहरे का रंग उड़ा जा रहा है। क्या कोई प्रिय मित्र स्वर्ग-वासी हुआ, अन्यथा किसी भी दृढ़ पुरुष का धैर्य इतना विचलित करने की सामर्थ्य किसमें है? क्या खबर बुरी से बदतर होती जा रही है कि

---

1. एक प्राप्त कथा का संदर्भ है। यहां सुनहली ऊन से पोर्शिया और नैरिस से तात्पर्य है।

2. यहां धन से तात्पर्य है।

आप इतने पीले पड़ते चले जा रहे हैं? क्षमा करें। बैसैनियो! मैं आपकी अर्धांगिनी हं, मुझे इस पत्न के संवाद का ज्ञान प्राप्त करने की आज्ञा दीजिए।

बैसैनियो : प्रिये पोर्शिया! इन कागजों पर कुछ बहुत ही अशुभ अक्षर लिखे हैं। प्रिये, तुम तो खूब जानती हो कि जब मैंने पहली बार तुमसे अपना प्रेम प्रकट किया था तब बिल्कुल स्पष्ट रूप से कह दिया था कि अपने कुलीन जन्म के अतिरिक्त मेरे पास कोई धन नहीं था। जो मैंने कहा था वह बिल्कुल सच था। जब मैंने कहा था मेरे पास कोई संपत्ति नहीं थी, तब मुझे कहना चाहिए था कि मेरी परिस्थिति बहुत ही शोचनीय थी। सचाई तो यह है कि मैंने अपने एक अत्यन्त प्रिय मित्न से धन उधार लिया था और मुझे उस समय धन देने के लिए उसे अपने एक घोर शत्नु से उधार लेना पड़ा था। प्रिये! उसी मित्न का यह पत्न है। यह कागज़ नहीं उसका शरीर है और इसपर अक्षर नहीं लिखे हैं ये उसके शरीर पर हुए वे घाव हैं जिनसे जीवनदायी रक्त बहा जा रहा है। किंतु सैलैरियो! क्या यह सत्य है कि उनके सारे संपत्ति से लदे जहाज़ विनष्ट हो गए हैं? त्निपोलिस, मैक्सिको, इंगलैंड, लिस्बन, बार्बरी, भारत इत्यादि विभिन्न स्थानों को गए हुए उनके अनेक जहाज़ों में से क्या एक भी वेनिस नहीं लौटा? क्या भीषण समुद्री चट्टानों से एक भी नहीं बच सका? क्या उन सबका ही लहरों में सर्वनाश हो गया?

सैलैरियो: एक भी नहीं बचा श्रीमन्त बैसैनियो! किंतू सबसे अधिक कष्टकर बात तो यह है कि शाइलॉक उस धन को लेने को भी तैयार नहीं है जो मौजूद है, और ऐण्टोनियो देने को तैयार हैं। मैंने कभी इस यहूदी की भांति मनुष्य-शरीर में छिपे हिंस्र पशु को नहीं देखा जोकि

अपने ही जैसे दूसरे मनुष्य का सर्वनाश करने पर तुल गया हो। वह ड्यूक पर ज़ोर दे रहा है, रात-दिन लगा है कि ऐण्टोनियो के विरुद्ध वे कोई कड़ा कदम उठाएं। यदि ऐण्टोनियो को दंड नहीं दिया जाता तो शाइलॉक उन अधिकारों का प्रश्न उठा देगा जो उस जैसे विदेशियों को भी वेनिस के नागरिकों की भांति प्राप्त हैं। बीस व्यापारी, स्वयं ड्यूक और राजा के। सर्वोच्च अधिकारी, सम्मानित पदाधिकारी उससे कह चुके हैं कि वह अपनी मांग हटा ले, किंतु कोई भी सफल नहीं हो सका है कि उसकी उस ईर्ष्या-भरी मांग को रोक सके, जो न्याय मांगती है और समय पर दस्तावेज़ की कीमत न रख सकने के कुसूर का मोल मांग रही है।

जैसिका: जब मैं अपने पिता के साथ रहती थी, मैंने उन्हें अपनी जाति के कई व्यक्तियों, ट्यूबॉल और चुस से यह ज़ोरदार शब्दों में कहते सुना था कि वे ऐण्टोनियो को दिए रुपयों से बीस गुना धन लेने की अपेक्षा उसके शरीर का आधा सेर मांस लेना कहीं अधिक पसंद करेंगे। अपने पिता को पूरी तरह से जानते हुए, मैं विश्वास दिलाती हूं कि श्रीमान्! यदि कानन, राज्य के अधिकारी, और स्वयं ड्यूक की शक्ति उन्हें उनके पथ पर चलने की स्वतंत्रता देंगे तो बिचारे ऐण्टोनियो को दया नहीं मिल सकेगी।

पोर्शिया: क्या यही आपके वे दयालु और उदात्त विचार वाले मित्र हैं जिन्होंने आपको धन दिया था? क्या वे ही खतरे में हैं?

बैसैनियो: वह मेरा अत्यंत प्रिय मित्र है। उसका हृदय बहुत ही दयालु है, उदात्त प्रकृति है, और वह कभी भी करुणा-भरे कार्य करते नहीं हटता। उसमें प्राचीन रोम-निवासियों का गौरव और सम्मान है, जैसा आज की इटली में शायद ही किसीमें हो।

पोर्शिया : उन्हें यहूदी को कितना धन देना है?

बैसैनियो : मेरे कारण उन्हें यहूदी को 3000 सिक्के देने हैं।

पोर्शिया : केवल तीन हज़ार ड्यूकैट देने हैं उन्हें यहूदी को? उसे 6000 सिक्के दे दिए जाएंगे, वह उस लिखा-पढ़ी को रद्द कर दे। मैं उसे 12000 नहीं, 18000 ड्यूकैट तक ऐण्टोनियो जैसे अच्छे मित्र के लिए देने को तैयार हूं। ऐसे मित्र को आपके कारण तनिक भी कष्ट नहीं सहना चाहिए। किंतु पहले हम सबको गिरजे जाकर विवाह करना चाहिए और तब आपको तुरंत वेनिस, अपने मित्र की रक्षा करने को, जाना चाहिए। मैं तब तक आपके निकट नहीं सोऊंगी जब तक कि आपकी सारी परेशानी दूर नहीं हो जाती। उस छोटे-से ऋण को चूकाने के लिए मैं आपको उस ऋण से बीस गुना ज़्यादा धन दूंगी। जब धन दे दिया जाए तब आप अपने मित्र को भी यहीं ले आइए। तब तक मैं और नैरिसा सेविकाओं या विधवाओं की भांति रहेंगी। शीघ्रता करें और आप यह भी याद रखें कि आपको विवाह के दिन ही वेनिस को रवाना हो जाना है। धैर्य रखिए और अपने मित्रों का उत्फुल्ल स्वागत कीजिए। मैं आपसे बहुत प्रेम करूंगी, क्योंकि मैंने आपको मुश्किल से पाया है। किंतु मुझे अपने मित्र ऐण्टोनियो का पत्र सुनाइए।

बैसैनियो : (पत्र पढ़ता है।) प्रिय बैसैनियो, मेरे सब जहाज़ नष्ट हो गए हैं। मेरे ऋणदाता सब निष्ठुर हो गए हैं और अपना सारा रुपया मांग रहे हैं। मेरे पास उन्हें देने के लिए कुछ भी नहीं है। क्योंकि मैं शाइलॉक को समय पर धन नहीं दे सका, और क्योंकि इसका दण्ड मृत्यु है, इसलिए मैं उन सब ऋणों को जो तुम्हें मुझे चुकाने हैं, तुमपर से रद्द करता हूं। किंतु मेरी बड़ी इच्छा है कि मरने के पहले एक बार तुमसे

मिल सकूं। यदि तुम्हारा नया प्रेम तुम्हें आने से रोकता है, तो मेरा पत्र तुमपर व्यर्थ ही दबाव न डाले यही चाहता हूं।

पोर्शिया: हाय रे! हम अपना कार्य तुरन्त समाप्त करें और शीघ्र आप वेनिस जाइए।

बैसैनियो: मैं तुरंत जाऊंगा, क्योंकि तुमने अत्यंत कृपा करके आज्ञा दे दी है। किंतु मैं विश्वास दिलाता हूं कि मैं वहां आवश्यकता से अधिक तनिक भी नहीं ठहरूंगा और तब तक विश्राम नहीं करूंगा जब तक जल्दी से जल्दी लौट न आऊं।

[प्रस्थान]

दृश्य 3

[वेनिस-पथ]

[शाइलॉक, सैलैनियो, ऐण्टोनियो और जेलर का प्रवेश]

शाइलॉक: जेलर! इसका ध्यान रखना। मुझसे दया की मत कहो। यही है बह मूर्ख जो मुफ्त धन उधार देता था। जेलर! इसको अच्छी तरह देखना। हां! निकल न जाए!

ऐण्टोनियो: शाइलॉक! मेरी बात तो सुनो!

शाइलॉक: मुझे तो दस्तावेज़ की शर्त से मतलब है, उसके विरुद्ध मत बोलना। मैंने कसम खाई है कि शर्त पूरी करवाऊंगा। तुमने अकारण मुझे कुत्ता कहा था, और क्योंकि मैं कुत्ता हूं, मेरे दांतों से सावधान रहो। ड्यूक मुझे न्याय देंगे। मुझे ताज्जुब है, ओ अधम जेलर! कि तुम इसकी

प्रार्थना पर इसे लेकर बाहर आ गए। क्या तम इतने मूर्ख हो?

ऐण्टोनियो: कृपया मेरी बात तो सुन लें।

शाइलॉक: मुझे शर्त चाहिए। मैं तुम्हारी बात सुनना नहीं चाहता। मुझे शर्त पूरी करवानी है; और इसीलिए मुझसे और बातें मत करो। मैं कोमल और मंददृष्टि मूर्ख नहीं बन सकता कि सिर हिला दूं और दया करूं, आह भरूं और ईसाई मित्रों के सामने समर्पण कर दूं। पीछे मत आओ। मैं बात नहीं करना चाहता, मुझे तो शर्त पूरी करवानी है।

[प्रस्थान]

सैलैनियो: मनुष्यों के बीच ऐसा हृदयहीन कुत्ता शायद ही कभी रहा हो!

ऐण्टोनियो: उसे छोड़ो, चाहे जिस राह पर वह चले। ऐसी निष्फल प्रार्थनाएं लेकर मैं उसके पास नहीं जाऊंगा। वह मेरा जीवन चाहता है, और मैं खूब जानता हूं कि वह ऐसा क्यों चाहता है। मेरे पास आकर अपना दुखड़ा रोने वाले कितने ही व्यक्तियों को मैंने इसके चंगुल से छुड़ाया है। और यही कारण है कि वह मुझसे घृणा करता है।

सैलैनियो: मुझे निश्चय है कि ड्यूक ऐसी शर्त को कभी भी पूरा नहीं होने देंगे।

ऐण्टोनियो: ड्यूक कानून को तो नहीं रोक सकते। विदेशियों को हमारे साथ वेनिस में समानाधिकार है और यदि उससे उन्हें वंचित किया जाता है, तो राज्य के न्याय-विधान पर बड़ा अभियोग लगेगा। जानते हो न कि नगर का व्यापार और लाभ सारी ही जातियों और राष्ट्रों से चलता है। इसीलिए जाने भी दो। इन दुखों और हानियों ने मुझ इतना

निराश कर दिया है कि कल मेरे हिंस्र ऋणदाता को शायद ही आधा सेर मांस प्राप्त हो। चलो जेलर! ईश्वर से प्रार्थना करो कि बैसैनियो आ जाए ताकि मैं उसका ऋण चुका दूं और फिर शांति से प्राणत्याग कर दूं।

[प्रस्थान]

दृश्य 4

[बेल्मोण्ट: पोर्शिया के घर का एक कमरा]

[पोर्शिया, नैरिसा, लौरेन्जो, जैसिका और बॉलथाज़र का प्रवेश]

लौरेन्ज़ो: श्रीमती! यद्यपि मैं आपके सामने ही कहता हूं कि आपके विचार अत्यंत उदार और उदात्त हैं, बल्कि आपको पवित्र प्रेम का भी पूरा ज्ञान है, आप इसे मेरी चाटुकारिता न समझें। अपने पति की अनुपस्थिति में भी जो उत्फुल्लता आपने प्रदर्शित की है वह निश्चय ही स्तुत्य है। किन्तु यदि आपको मालूम होता कि जिसके प्रति आप इतनी दया दिखा रही हैं वह कितना महान् है, और आपके पति का उससे कितना गहरा स्नेह है, तो मैं निश्चय से कह सकता हूं कि उसके प्रति करुणा दिखाने में आपको कहीं अधिक हर्ष और गर्व होता। यदि यही आप किसी साधारण व्यक्ति के प्रति करतीं, तो उसमें आपको इतना आनंद नहीं होता।

पोर्शिया: मैंने कभी किसीका भला करने पर शोक नहीं किया, न अब करती हूं। मुझे निश्चय है कि जो मनुष्य प्रेम के बंधन में दृढ़ता से बंधे रहते हैं और एक-दूसरे के साथ समय को सुख से बिताते हैं, वे सूरत-

शकल, तमीज़ और स्वभाव में भी बहुत मिलते-जुलते हैं। और यही मुझे इस निष्कर्ष पर पहुंचाता है कि मेरे पति के अत्यंत प्रिय मित्र ऐण्टोनियो भी उन्हींके समान उदात्त भाव वाले और योग्य होंगे। यदि यह सत्य है तो मैंने पति के एक मित्र की रक्षा में बहुत कम गंवाया है। लेकिन मुझे डर है कि कहीं मैं खुद ही तो अपनी तारीफ नहीं कर रही हूं, इसलिए इस बारे में बोलूंगी ही नहीं। देखो लौरेन्जो! जब तक बैसैनियो नहीं लौटते तब तक तुम ही इस घर की देख-भाल करना। जहां तक मेरा सवाल है मैंने यह व्रत लिया है कि नरिसा के साथ तब तक चिंतन और प्रार्थनाओं में समय निकालंगी जब तक बैसैनियो और ग्रेशियानो लौटकर नहीं आ जाते। यहां से दो मील दूर एक गिरजा है, हम वहीं रहेंगी। मैं प्रार्थना करती हूं कि आप यह कर्तव्य संभालें और परिस्थितिवश ही आपके प्रति जो मेरा स्नेह है, आपसे यह अनुरोध कर रहा है।

लौरेन्ज़ो: श्रीमती! मैं सहर्ष यह कार्य करूंगा और आपकी कृपा-पूर्ण आज्ञा का पालन करूंगा।

पोर्शिया: मैंने इसके बारे में अपने सेवकों को आदेश भी दे दिए। हैं और वे आपको और जैसिका को स्वामी-स्वामिनी के रूप में ही देखेंगे, जब तक मैं और बैसैनियो लौट नहीं आते। अच्छा तो विदा! फिर मिलेंगे!

लोरेन्ज़ो: ईश्वर करे आपका समय सुख से बीते।

जैसिका: आपकी मनोकामनाएं पूर्ण हों!

पोर्शिया: मैं आपको इस वाञ्छा के लिए धन्यवाद देती हूं और चाहती हूं कि यही आपको भी मिले। अच्छा जैसिका! विदा! (जैसिका और लौरेन्ज़ो का प्रस्थान) हां, बॉलथाज़र! मैंने तुम्हें हमेशा ईमानदार और सच्चा ही पाया है, और आशा है आगे भी ऐसा ही पाऊंगी। यह

पत्र लो और जितने शीघ्र जा सको मेरे भाई डॉक्टर बलारियो के पास चले जाओ और जो भी वस्त्र और कागज़ वे दें उन्हें लेकर शीघ्रातिशीघ्र चले आओ और वह है न नावों का घाट, जहां वेनिस से यहां आने-जाने वाली नावें इकट्ठी होती हैं, वहीं तरंत आ जाओ। बातों में समय नष्ट न करना। फौरन जाम्रो। मैं तुमसे पहले ही घाट पर पहुंच जाऊंगी।

बॉलथाज़र: श्रीमती! जितनी जल्दी जा सकूंगा जाऊंगा।

[प्रस्थान]

पोर्शिया: चलो नैरिसा! मेरे दिमाग में कुछ योजना है और अभी तक मैंने तुम्हें उसके बारे में कुछ भी नहीं बताया है। हम अपने पतियों के पास कहीं पहले पहुंच जाएंगी, इतने पहले कि हमारी उपस्थिति वे उतनी शीघ्र सोचते भी न होंगे।

नैरिसा: लेकिन क्या वे हमारी उपस्थिति को वहां जान भी नहीं पाएंगे?

पोर्शिया: हां! वे हमें जिन वस्त्रों में देखेंगे, उनसे वे हमें स्त्री नहीं, पुरुष समझेंगे। जब हम दोनों दो नवयुवक बनेंगे, मैं शर्त बदकर कह सकती हूं कि मैं ही अधिक फुर्तीली लगूंगी और मैं ही बड़े ज़ोम से कटार भी लगाऊंगी। लड़कपन से जवानी में पांव रखने वाले तरुण के नये-नये ही भारी होते स्वर में मैं बात करूंगी। ऐसे मर्दाने लंबे कदम रखकर चलूंगी कि औरतों के तो दो कदम समा जाएंगे एक में! लड़ाई, झगड़ों, द्वंद्वों की तो बढ़-बढ़कर बातें करूंगी और उच्च कुल की स्त्रियों ने किस प्रकार मेरा प्रेम जीतने का प्रयत्न किया इसके बारे में तरह-तरह के झूठे प्रेम के किस्से गढ़-गढ़कर सुनाऊंगी कि मैंने उनके प्रेम को ठुकरा दिया और वे बीमार पड़कर मर गईं और तब मैं कुछ नहीं कर सका। फिर मैं शोक करूंगी, कि

कहीं अच्छा होता गर मैं उनकी मृत्यु का कारण नहीं बनता। ऐसे ही छोटे-मोटे बीसियों झूठ बोलूंगी कि जो सुनेंगे वे समझेंगे कि हाल ही में स्कूल से निकला हुआ कोई लड़का है। मैं ऐसे अक्खड़ स्कूली लड़कों की हज़ारों चालबाज़ियां जानती हूं और देख लेना उन्हींको वहां दिखाऊंगी। अब चलो। मैं तुम्हें गाड़ी में अपनी पूरी योजना सुनाऊंगी। गाड़ी बाग के दरवाज़ पर हमारा इंतज़ार कर रही है। अब जल्दी करो, क्योंकि हमें दिन में बीस-बीस मील तक का सफर हर रोज़ तय करना है।

[प्रस्थान]

दृश्य 5

[वही बाग]

[लॉन्सलौट और जैसिका का प्रवेश]

लॉन्सलौट: हां, आपको यह ध्यान में रखना चाहिए कि मां-बाप के पाप संतान पर ही उतरते हैं। मुझे डर है कि कहीं अपने कुटिल पिता के कारण आपपर आंच न आए, मैं सदैव आपसे बहुत स्पष्टवादी रहा हूं और अब भी वैसे ही बातें कर रहा हूं। साहस रखिए, क्योंकि मुझे लगता है कि आपपर सदा के लिए विनाश बरसने वाला है।

जैसिका: किन्तु मैं अपने पति द्वारा बचा ली जाऊंगी, जिन्होंने मुझे ईसाई बना लिया है।

लॉन्सलौट: हां हां, तुम्हें ईसाई बनाने के कारण तो उनपर भी

अभियोग लगेगा। हम पहले ही काफी ईसाई थे, इतने कि काफी खुशी से मिल-जुलकर रह सकते थे। अगर इस तेज़ी से लोग ईसाई बनाए गए तो मुझे विश्वास है कि सूअर के गोश्त की कीमत चढ़ जाएगी और अगर सब ईसाई सूअर का मांस खाने लगे तो कुछ दिन बाद किसी भी कीमत पर सूअर का मांस तो मिलना ही बंद हो जाएगा।

जैसिका: मैं अपने पति को इसकी सूचना दूंगी लॉन्सलौट! क्या कहते हो! वे पा रहे हैं।

[लौरेन्ज़ो का प्रवेश]

लौरेन्ज़ो: अगर तुम इसी तरह मेरी पत्नी से एकांत में बातें करते रहे लॉन्सलौट! तो मुझे तुमसे ईर्ष्या होने लगेगी।

जैसिका: नहीं लौरेन्ज़ो! तुम्हें किसी डर की ज़रूरत नहीं। हम तो झगड़ रहे हैं। यह मुझसे साफ-साफ कहता है कि मेरे लिए ईश्वर की ओर से कोई दया नहीं है, क्योंकि मैं यहूदी की बेटी हूं। और यह कहता है कि तुम ईसाई बिरादरी के अच्छे सदस्य नहीं हो, क्योंकि तुम यहूदियों को ईसाई बनाकर सूअर के गोश्त की कीमत चढ़ा रहे हो!

लौरेन्जो: (लॉन्सलौट से) चलो भीतर! जाकर कहो, खाने की तैयारी करें।

लॉन्सलौट: वह तो तैयार है श्रीमान्! उन सबके अपने पेट हैं।

लौरेन्ज़ो: कैसा बातूनी आदमी है! जाओ खाना तैयार करने को कहो।

लॉन्सलौट: वह भी हो गया श्रीमान्! केवल ढकने* की कसर है

लौरेन्ज़ो: तो जाके ढको* न?

लॉन्सलौट: नहीं श्रीमान्! मैं तो अपना काम जानता हूं, ऐसी

गलती कैसे करूं!*

लौरेन्ज़ो: अब बक-बक बंद करो। अपनी सारी अक्ल का पिटारा क्या इसी वक्त खोल दोगे? मेरे लफ्ज़ों का सीधा-सादा मतलब निकालो! अपने साथी नौकरों में जाओ और उनसे कहो कि मेज़ बिछा दें, दस्तरखानों से ढक दें और गोश्त परोसें, हम खाने आते हैं।

लॉन्सलौट: अच्छा सरकार! मेज़ लग जाएगी और गोश्त ढक जाएगा, लेकिन खाने आना तो आपकी मर्ज़ी और शौक पर ही निर्भर है।

[प्रस्थान]

लौरेन्ज़ो: कैसी लफ्फाज़ी है! लफ्ज़ों से खेलता है। इसके दिमाग में बड़े-बड़े शब्द भरे हुए हैं। और मैं कई बेवकूफों को जानता हूं जो इससे कहीं ऊंचे पदों पर जीवन में आसीन हैं, वे भी बहुत शब्द जानते हैं किन्तु नहीं जानते कि उनका प्रयोग कैसे करें। कहो प्रिये जैसिका! क्या हाल है? बैसैनियो की पत्नी तुम्हें कैसी लगी!

जैसिका: उसकी प्रशंसा करने को मेरे पास समर्थ शब्द नहीं हैं। यह तो उचित ही है कि श्रीमान बैसैनियो अब कायदे की जिंदगी बिताएं। उन्हें तो पोर्शिया जैसा रत्न मिलने पर यह पृथ्वी स्वर्ग का सा आनन्द देगी। यदि वे इस पथ्वी पर अब भलमनसाहत से नहीं रह सकते तो बहुत मुमकिन है कि उन्हें स्वर्ग में भी जगह न मिले। यदि दो देवता

---

*अंग्रेजी में 'कवर' शब्द है। पहले अर्थ में दस्तरखान से ढकना है। दूसरे अर्थ में भी वही है, किन्तु तीसरे स्थान पर लॉन्सलौट 'कवर' का अर्थ अपना टोप लगाने से लेता है। यूरोप में नौकर मालिक के सामने सिर नहीं ढकते, वह मालिक को बेज़्ज़ती समझी जाती है। शेक्सपियर ने दो अर्थ का शब्द प्रयोग किया है, जिसका हिन्दी में पर्याय नहीं मिलता।

इस पृथ्वी की दो स्त्रियों के लिए प्रतिद्वन्द्विता में पड़ जाएं और पोर्शिया उन दो स्त्रियों में से एक हो तो उस दूसरी स्त्री में अवश्य कुछ जोड़ना पड़े ताकि वह पोर्शिया की बराबरी में खड़ी हो सके, क्योंकि पोर्शिया की बराबरी तो कोई स्त्री कर ही नहीं सकती।

लौरेन्ज़ो: जिस प्रकार पोर्शिया अपना सानी नहीं रखने वाली पत्नी है, उसी प्रकार मुझमें भी तुम्हें एक लासानी पति मिला है।

जैसिका: ज़रा ठहरो! पहले अपने बारे में मेरी राय तो सुन लो।

लौरेन्ज़ो: ज़रूर सुनूंगा, पर पहले खाने तो चलो।

जैसिका: नहीं, इस वक्त मैं प्रसन्न हूं, इसलिए मुझे ज़रा तुम्हारी प्रशंसा कर लेने दो!

लौरेन्ज़ो: नहीं, अभी नहीं। खाते वक्त कह लेना, तब जो भी तुम कहोगी, और चीज़ों के साथ मैं उसे भी पचा जाऊंगा।

जैसिका: अच्छी बात है। मैं वहीं तुम्हारी तारीफ करूंगी।

[प्रस्थान]

चौथा अंक

दृश्य 1

[वेनिस—न्यायालय]

[ड्यूक, वेनिस के राजकुलीन व्यक्ति, वैसैनियो, ग्रेशियानो और सैलैनियो तथा अन्यों का प्रवेश]

ड्यूक: क्या ऐण्टोनियो यहां उपस्थित है?

ऐण्टोनियो: जी हां महानुभाव!

ड्यूक: मुझे तुम्हारे लिए खेद है, तुम एक पाषाणहृदय वादी को स्तर देने आए हो जोकि अमानुषिक अधम है, जो दयाहीन है, और जिसमें करुणा की एक बूंद भी शेष नहीं है।

ऐण्टोनियो: मैंने महानुभाव के उन प्रयत्नों के विषय में सुन लिया है जिनसे आपने उसके हृदय की कठोरता को कम करने की चेष्टा की है। पर क्योंकि वह अडिग हो रहा है, और उसकी घृणा से मुझे कानून नहीं बचा सकता, मैंने उसके क्रोध के सामने समर्पण करना स्वीकार कर लिया है और अब मैं धैर्य के कवच से उसकी कठोरता, अत्याचार और क्रोध को सहन करूंगा।

ड्यूक: कोई जाओ और यहूदी को न्यायालय में बुलाओ।

ऐण्टोनियो: वह द्वार पर ही खड़ा है। लीजिये श्रीमान्! वह आ गया।

[शाइलॉक का प्रवेश]

ड्यूक: रास्ता छोड़ो। शाइलॉक को हमारे सामने खड़ा होने दो। शाइलॉक! संसार समझता है, और मैं भी समझता हूं कि तुम अंतिम

क्षण तक अपनी निष्ठुरता का इस प्रकार प्रदर्शन कर रहे हो, और अन्त में करुणा और दया तुम्हारे हृदय में उत्पन्न होंगी और तुम्हारे घणा-प्रदर्शन से भी अधिक आकर्षक बन जाएंगी। हमें आशा है कि अन्त में न केवल तुम इस अभागे व्यापारी के शरीर से अपनी आधा सेर मांस की मांग को छोड़ दोगे, वरन् करुणा और दया की भावना से उद्वेलित होकर ऐण्टोनियो को दिए हुए मूलधन में से भी कुछ क्षमा कर दोगे। हमें निश्चय है कि तुम ऐण्टोनियो से सहानुभूति जताप्रोगे क्योंकि उसने भारी हानि सही है और एक के बाद दूसरी विपत्ति उसे दबाती चली गई है। यद्यपि एक समय व्यापारियों में वह राजकुमार था, किन्तु इस समय वह बिल्कुल बरबाद हो चुका है, और अब उसकी हालत ऐसी है कि अत्यंत कठोर और पाषाणहृदय तथा निष्ठुर भी उसे देखकर पसीज उठे; यहां तक कि हठी तुर्क और तातार जो किसीके प्रति दया नहीं दिखाते वे भी इसे देखकर विचलित हो सकते हैं। हम तुमसे सहानुभूतिपूर्ण शब्द सुनने की आशा करते हैं शाइलॉक!

शाइलॉक: मैं जो चाहता हूं वह महानुभाव की सेवा में पहले ही निवेदन कर चुका हूं। मैंने अपने पवित्र रविवार[1] की सौगंध खाई है कि इस शर्तनामे के हिसाब से जो मुझे मिलना है, उसे पूरी तरह से वसूल करूंगा। यदि आप मेरी कानूनी मांग को ठुकराते हैं तो आप अपने नगर के न्याय, कानून और नागरिक स्वतन्त्रता के अधिकारों को ही ठुकराते हैं। आप मुझसे पूछते हैं कि मैं बेकार के गोश्त में से आधा सेर क्यों लेना चाहता हूं, तीन हज़ार ड्यूकैट क्यों नहीं ले लेता? मैं इस प्रश्न का उत्तर देने को तैयार नहीं हूं। मैं तो कहता हूं

1. यहूदियों में रविवार को काम भी नहीं करते—बह पवित्र दिन माना जाता है।

कि यह मेरी तबियत है। मान लीजिए मेरे घर में चूहों की बहुतायत है और मैं उन्हें मरवाने को दस हज़ार ड्यूकैट खर्च करना चाहता हूं, इससे किसीको मतलब क्या? क्या इस उत्तर से आपका काम चलता है? कुछ लोग पतली आवाज़ में बोलता सूअर पसन्द नहीं करते। कुछ तो बिल्ली देखकर पागल हो उठते हैं, और कुछ ऐसे हैं जो मशक-बाजे की आवाज़ भी नहीं सुन सकते। मनुष्य सदैव ही तर्क और विवेक से वस्तुओं को पसंद-नापसंद नहीं करता, बल्कि वह भावों से परिचालित होता है, जो उसे नचाते हैं। कोई नहीं बता सकता कि क्यों क़िसीको सूअर का पुकारना बुरा लगता है। क्यों दूसरे को एक मासूम बिल्ली को देखकर पागल होने की धुन समाती है और क्यों कोई और आदमी मशक के ऊनी कपड़े में लिपटे बाजे को नहीं चाहता। मामूली बातों से चिढ़कर वे ऐसे विरोधी भावों की अभिव्यक्ति करते हैं, जो समझाई नहीं जा सकती। इसी प्रकार मैं भी नहीं बता सकता कि ऐण्टोनियो के प्रति मेरे हृदय में इतनी घृणा क्यों है और इसीलिए शर्तनामे के पूरे न होने के कारण मैं उसका दण्ड मांग रहा है, हालांकि इसमें मेरी 3000 ड्यूकैट की हानि है! क्या वह उत्तर आपको संतोष देता है?

बैसैनियो: ओ निष्ठुरहृदय यहूदी! यह तो अपनी निर्दयता को न्याय बनाने का कोई तर्क नहीं है।

शाइलॉक: मैं तुम्हें उत्तर देकर संतुष्ट करने को बाध्य नहीं हूं।

बैसैनियो: क्या सब मनुष्य उस सबको मार डालने की इच्छा करते हैं जिसे वे नहीं चाहते?

शाइलॉक: अगर एक आदमी किसी चीज़ से नफरत करता है तो क्या ये उसको बरबाद कर देना नहीं चाहते?

बैसैनियो: विरोध की प्रत्येक भावना तुरन्त ही ऐसे घोर घृणा की मंजिल पर नहीं पहुंच जाती।

शाइलॉक: क्या तुम एक ही सांप को अपने को दो बार डस लेने दोगे?

ऐग्टोनियो: बैसैनियो! कृपया यह याद रखें कि आप शाइलॉक से तर्क कर रहे हैं। आप समुद्र-तीर पर खड़े होकर उत्ताल तरंगों को आज्ञा दे सकते हैं कि लहरें अपनी गति की ऊर्ध्व सीमा तक नहीं जाएं, आप एक भेड़िये से पूछ सकते हैं कि वह मेमने को क्यों खा गया, आप पर्वत पर उगे चीड़ में वृक्षों को आज्ञा दे सकते हैं कि वे तूफान के झकोरों में भी मर्मर न करें, आप ऐसे और असंभव कार्य भी कर सकते हैं, किन्तु इस आक्रोशग्रस्त व्यक्ति के यहूदी हृदय को नर्म करने में सफलता प्राप्त नहीं कर सकते। इसलिए मैं आपसे अनुनय करता हूं कि आप इसका हृदय परिवर्तित करने की व्यर्थ चेष्टा नहीं करें। मेरे विरुद्ध आदेश निकलने दीजिए, ऐसी स्पष्ट और मुखर घोषणा, जो न्याय के अनुसार उचित हो, और यहूदी की इच्छा को पूर्ण करे।

बैसनियो: शाइलॉक! मैं तुम्हारे 3000 सिक्कों के स्थान पर तुम्हें 6000 सिक्के देने को तत्पर हूं।

शाइलॉक: तीन हज़ार सिक्के नहीं, अगर तुम 36000 सिक्के भी दो, तो भी लेने को तैयार नहीं हूं। मुझे अपनी शर्तनामे की सज़ा चाहिए, और कुछ भी नहीं चाहता।

ड्यूक: जब तुम स्वयं दूसरों के प्रति दयाविहीन हो, तब स्वयं परमात्मा से दया की आशा कैसे कर सकते हो?

शाइलॉक: परमात्मा के किस न्याय से भयभीत होऊं मैं? मैंने क्या पाप किया है? तुममें से कितनों ही ने गुलाम खरीद रखे हैं। और

तुम उनसे नीचे से नीचे दर्जे का काम भी लेते हो। तुम उन्हें अपने गधां, कुत्तों और खच्चरों की तरह गुलामी के कामों में लाते हो। क्यों? सिर्फ इसलिए कि तुमने उन्हें खरीदा है? क्या मैं कहूं कि तुम उन्हें छोड़ दो? उन्हें आज़ाद कर दो? अपने उत्तराधिकारियों से उनका विवाह कर दो? तुम्हारे बोझों के नीचे उनका पसीना क्यों बहे? क्यों न उनके बिस्तर भी तुम्हारे बिस्तरों की तरह गुदगुदे और मुलायम हों? तुम्हारे स्वादिष्ट भोजनों से उनके भी हलक तर क्यों नहीं रहें? तुम कहोगे—गुलाम हमारे हैं। और यही मेरा भी जवाब है। मैं जो इसका आधा सेर गोश्त मांगता हूं, यह भी मैंने बहुत बड़ी कीमत पर खरीदा है। यह मेरा है और मैं इसे लेकर रहूंगा। अगर आप मुझसे इन्कार करते हैं, तो आपके न्याय को धिक्कार है! वेनिस के कानून में असलियत नहीं, वे लागू भी नहीं होते! मैं इन्साफ के लिए खड़ा हूं! जवाब दीजिए! जो मैं मांग रहा हूं वह मुझे मिलेगा?

ड्यूक: अपने में निहित अधिकारों के अनुसार मैं इस कचहरी को बर्खास्त कर दूंगा यदि योग्य वकील डॉक्टर बैलारियो आज नहीं आ जाते। मैंने उन्हें इस मामले में राय देने को बुलवाया है।

सैलैरिनो: आदरणीय! योग्य वकील के कुछ पत्र लेकर एक दूत अभी पदुआ से आया है, वह बाहर प्रतीक्षा कर रहा है।

ड्यूक: दूत को आने दो और पत्रों को मेरे पास भेजो।

बैसैनियो: निराश न हो ऐण्टोनियो! अरे पुरुष! धैर्य छोड़ते हो? चिंता मत करो! तुम्हारे रक्त की एक बूंद गिरने के पहले ही इस यहूदी को मैं अपना मांस, हड्डी और रक्त सब सौंप दूंगा।

ऐण्टोनियो: मैं गल्ले की एक बीमार भेड़ की तरह हूं। और मैं ही मरने के सबसे अधिक योग्य हूं। कमज़ोर फल ही सबसे पहले धरती

पर गिर जाता है। जितनी जल्दी हो सके मुझे ही मरने दो। बैसैनियो! तुम्हारे लिए ज़िंदा रहना ही ज़्यादा अच्छा है ताकि मेरी कब्र पर अन्तिम बार लिख सको।

[नैरिसा का एक वकील के क्लर्क के पुरुष-वेश में प्रवेश]

ड्यूक: क्या तुम पदुआ से डॉक्टर बैलारियो के पास से ही आ रहे हो?

नैरिसा: जी श्रीमान्! मैं पदुआ से डॉक्टर बैलारियो के पास से ही आ रहा हूं। उन्होंने आपको प्रणाम कहा है।

[पत्र देता है।]

बैसैनियो: शाइलॉक! तुम इतने मनोयोग और आतुरता से अपना चाकू क्यों तेज़ कर रहे हो?

शाइलॉक: उस दिवालिये से ज़मानत चुकाने के लिए।

ग्रेशियानो: तुम अपनी एड़ी पर नहीं, अपनी आत्मा पर, ओ निर्मम यहूदी, अपने चाकू को पैना कर रहे हो! किंतु कोई भी धातु, यहां तक कि बधिक का परशु भी तुम्हारी घृणा की धार की आधी तेज़ी भी अपने में नहीं ला सकता। क्या कोई भी याचना तुम्हारे हृदय में अपना पथ नहीं बनाती?

शाइलॉक: तुम सोच सको ऐसी तो मुझे कोई नज़र ही नहीं आती।

ग्रेशियानो: तुम्हारा सर्वनाश हो! ओ हृदयहीन कुत्ते! जो न्याय तुम्हें जीवित रहने का अधिकार देता है, वह न्याय नहीं स्वयं वही अन्याय है। तुम्हारा जीवन और तुम्हारा चरित्र देखकर मेरा विश्वास ईसाई धर्म से डिगा जाता है।[1] बल्कि मुझे तो उस प्राचीन युनानी दार्शनिक पाइथॉगोरस का सिद्धांत ही ठीक लगता है कि मनुष्य की

1. ईसाई पुनर्जन्म नहीं मानते।

देह में पशुओं की आत्मा भी अपना जन्म लेती है। तुम्हारी घणा-भरी आत्मा पहले अवश्य किसी भेड़िये में रह चुकी है। और जब मनुष्य को मारने के कारण वह भेड़िया वध्यस्थान में था, वह निर्दय आत्मा उसमें से भाग निकली और तुम्हारे शरीर में घुस गई, उसी समय जबकि तुम अपनी माता के गर्भ में सो रहे थे। तुम्हारी इच्छाएं भयानक, बीभत्स, निर्मम, क्रूर और भेड़िये की भांति हिंस्र हैं।

शाइलॉक: जब तक तुम शर्तनामे की मोहर नहीं हटा सकते, तुम इतना चिल्लाकर बेकार अपने फेफड़ों को दुखा रहे हो नौजवान! होश में आओ! वर्ना फिर तुम्हारे इस दिमाग का कोई इलाज भी नहीं हो पाएगा। मैं यहां इन्साफ के लिए खड़ा हूं।

ड्यूक: बैलारियो का पत्र एक तरुण और अति विद्वान् डॉक्टर को हमारे न्यायालय में भेजता है। वह कहां है?

नैरिसा: वे निकट ही हैं। वे इसीको जानना चाहते हैं कि आप उन्हें भीतर घुसने की आज्ञा भी देंगे या नहीं?

ड्यूक: अवश्य! सहर्ष! तुममें से तीन-चार आदमी बाहर जाओ और उन्हें न्यायालय में ससम्मान ले आओ। तब तक न्यायालय में बैलारियो का पत्र पढ़ा जाए।

क्लर्क: (पढ़ता है।) श्रीमंत से सविनय निवेदन है कि आपका पत्र प्राप्त हुआ। इस समय मैं बहुत अस्वस्थ हूं। किन्तु जिस समय आपका दूत आया है, उस समय ही रोम से एक तरुण डॉक्टर मित्र मुझसे मिलने आए। उनका नाम बॉलथाज़र है। मैंने उन्हें यहूदी और व्यापारी ऐण्टोनियो के झगड़े के बारे में बताया। हमने साथ-साथ कई किताबें देखीं। उन्हें मैंने अपनी राय बताई है और फिर उनकी अपना विद्वत्ता है, जो उसपर सान चढ़ा देगी। उनके ज्ञान की महानता के बारे

में क्या कहूं? मेरी प्रार्थना पर वे श्रीमान् के यहां मेरा स्थान भरने के लिए आ रहे हैं। मैं आपसे प्रार्थना करता हूं कि उनकी आयु को कम समझने के कारण कहीं ऐसा न हो कि उनके सम्मान में किसी प्रकार की त्रुटि हो जाए। मैंने तो इतनी कम आयु में कहीं इतनी विद्वत्ता नहीं देखी। मैं श्रीमान् से निवेदन करता हूं कि उन्हें स्वीकार करें और फिर वे स्वयं ही जो कुछ करेंगे उसीसे उनकी वास्तविकता प्रकट हो जाएगी, मैं और क्या कहूं?

ड्यूक: आप सबने डॉक्टर बैलारियो का पत्र सुन लिया है। और मैं समझता हूं कि डॉक्टर आ गए हैं।

[पोर्शिया का न्याय के डॉक्टर-वकील के रूप में पुरुष-वेश में प्रवेश]

ड्यूक: इधर आइए। आइए हाथ मिलाएं। क्या आप ही वृद्ध बैलारियो की ओर से आए हैं?

पोर्शिया: जी हां, श्रीमंत!

ड्यूक: आपका हार्दिक स्वागत है। कृपया बैठिए। मैं समझता हूं कि आज हमें जिस झगड़े का इन्साफ करना है उससे आप पूरी वाकफियत रखते हैं?

पोर्शिया: हां श्रीमंत! मुझे पूरा मामला मालूम है। कौन-सा व्यक्ति ऐण्टोनियो है, और शाइलॉक कौन है?

ड्यूक: ऐण्टोनियो और शाइलॉक ज़रा आगे बढ़ आएं।

पोर्शिया: क्या तुम्हारा नाम शाइलॉक है?

शाइलॉक: हां, मेरा नाम ही शाइलॉक है।

पोर्शिया: तुम एक बहुत अस्वाभाविक मांग प्रस्तुत कर रहे हो, शाइलॉक! किन्तु वह कानून के हिसाब से उचित है। अगर तुम डटे रहोगे तो वेनिस का कानून उसे रोक नहीं सकता। (ऐण्टोनियो से) तुम

इसके अधिकार में हो और यह तुम्हारी हानि कर सकता है, यही बात है न?

ऐण्टोनियो: ये यही कहते हैं।

पोर्शिया: तुम शर्तनामे को मंजूर करते हो?

ऐण्टोनियो: करता हूं।

पोर्शिया: तब तो यहूदी को ही दयावान होना पड़ेगा।

शाइलॉक: मुझपर ऐसा क्या दबाव है? ज़रा मैं भी तो सुनूं!

पोर्शिया: करुणा एक ऐसा गुण है जिसका प्रयोग बल के द्वारा नहीं हो सकता। वह तो मनुष्य के हृदय में वैसे ही जाग्रत् होती है, जैसे आकाश के मेघों से रस द्रवित होता है। करुणा तो दोनों पक्षों के लिए श्रेयस्कर है। जो करता है वह भी श्रेष्ठ है, जो पाता है वह तो उसका फल प्राप्त करता ही है। करुणा सशक्तों में भी सशक्त है, उससे महती कोई शवित नहीं। सिंहासनस्थ सम्राट के राजमुकुट से वह ज्योति विकीर्ण नहीं होती, जो उसकी करुणा से होती है। राजदण्ड तो पार्थिव शक्ति का प्रतीक है, उससे वैभव और आतंक प्रदर्शित होता है, उससे शक्ति और बल का भय प्रकट होता है; किन्तु करुणा राजशक्ति से भी ऊंचा स्थान रखती है। वह तो सम्राटों के हृदय में वास करती है, वह तो एक दैवी शक्ति है, ईश्वरीय गुण है। यही पार्थिव शक्तियां उस समय दैवी बन जाती हैं जब न्याय का संचालन करुणा करती है। इसलिए यहूदी! न्याय भले ही तुम्हारी मांग हो, तनिक इसपर भी विचार करो। न्याय-मात्र में आत्मा की मुक्ति का कोई पथ नहीं है। हम करुणा की भीख मांगते हैं। और वही प्रार्थना हमें अन्यों के प्रति दयापूर्ण व्यवहार करने की प्रेरणा देती है। तुम्हारी मांग के न्याय को तनिक विनम्र करने के लिए मैंने काफी कह दिया है। किन्तु यदि तुम उसपर अड़े रहोगे, तो न्याय

के लिए ही खड़ा यह न्यायालय अवश्य ही ऐण्टोनियो को दण्डित करने को बाध्य हो जाएगा।

शाइलॉक: जो कुछ मेरे कर्म हैं उनका फल मुझे ही मिले! मैं तो न्याय चाहता हूं, मेरा शर्तनामा! मेरी शर्ते! मेरा न्याय! वही दण्ड! बस!

पोर्शिया: क्या ऐण्टोनियो कर्ज़ नहीं चुका सकता?

बैसैनियो: जी हां, चुका सकता है। मैं न्यायालय में उसकी ओर से रुपया देने को तैयार हूं। मैं दुगना देने को तैयार हूं। यदि वह भी काफी नहीं है तो मैं दस गुना भरने को तत्पर हूं। यदि ऐसा न कर सकूं तो शाइलॉक मेरे हाथ, पांव, सिर, सब ले ले। यदि यह भी शाइलॉक को स्वीकृत नहीं है तो यह स्पष्ट हो जाता है कि प्रतिहिंसा सत्य पर छा गई है। मैं अनुनय करता हूं कि एक बार अपने अधिकार से कानून बदल दें; एक महान् औचित्य के लिए, एक लघु अनौचित्य भी करें, ताकि इस निर्दय शैतान की कुटिल कामना पूर्ण नहीं हो।

पोर्शिया: यह नहीं हो सकता। वेनिस में ऐसी कोई शक्ति नहीं जोकि स्थापित नियम को उलट सके। यह तो एक बुरा उदाहरण प्रस्तुत करने वाली बात है। और एक गलती के सहारे न जाने कितनी बुराइयां राज्य के कार्य में घुस जाएंगी। यह नहीं हो सकता।

शाइलॉक: अरे न्याय करने आज तो डैनियल[1] आ गया! धर्मराज डैनियल आ गया!

ओ बुद्धिमान तरुण न्यायकर्ता! मैं तुम्हारा कितना सम्मान करता हूं!!

पोर्शिया: ज़रा मेहरबानी करके मुझे शर्तनामा तो दिखाएं।

---

1. डैनियल—यहूदी कथाओं में निरासक्त सर्वश्रेष्ठ न्यायकर्ता।

शाइलॉक: प्रो परम बुद्धिमान डॉक्टर! यह लीजिए! यह लीजिए!

पोर्शिया: शाइलॉक! तुम्हारे दिए हुए धन से तिगुना दिया जा रहा है!

शाइलॉक: सौगंध है, सौगंध है, मैंने भी परमात्मा से एक सौगंध खाई है। क्या मैं अपनी आत्मा पर शपथ भंग करने का पाप डालूं? नहीं! सारा वेनिस मुझे मिल जाए तब भी नहीं!

पोर्शिया: तब यह साफ कहा जा सकता है कि शर्तनामा पूरा नहीं हुआ और इसमें लिखी शर्त के मुताबिक शाइलॉक पूरी सज़ा देने का अख्तियार रखता है। इसलिए यहूदी को आधा सेर गोश्त निकाल लेने का पूरा हक है—वह ऐण्टोनियो के शरीर से उसके हृदय के पास से कहीं से भी गोश्त निकाल सकता है। मैं तुम्हारे सामने प्रार्थना लिए खड़ा हूं शाइलॉक! फिर सोच लो! तिगुना धन ले लो और मुझे शर्तनामा रद्द करने की इजाज़त दो!

शाइलॉक: शर्तनामे में लिखी शर्त के मुताबिक शर्त पूरी हो जाने दीजिए, तब आप खुद इसे रद्द कर दीजिए। मुझे विश्वास है, आप एक अच्छे न्यायकर्ता हैं। आप तो न्याय के ज्ञाता हैं और आपकी न्याय की व्याख्या तो नितांत उचित और उत्तम है। मैं विनय करता हूं कि आप अपना फैसला सुना दें, उस कानून के नाम पर जिसकी आप इज़्ज़त करते हैं, दुहाई देते हैं। मैं अपनी आत्मा की सौगंध खाकर कहता हूं कि कोई भी सुंदर वक्तृता या कोई भी करुणतम याचना मेरे दृढ़ निश्चय को बदल नहीं सकती। मैं इसीपर जोर देता हूं कि शर्तनामे की शर्त ही पूरी हो।

ऐण्टोनियो: मैं भी न्याय से सहर्ष प्रार्थना करता हूं कि अब दण्ड सुना दिया जाए।

पोर्शिया: तब तो फिर ठीक है। उसके चाकू के लिए अपनी छाती को तैयार कर लो।

शाइलॉक: प्राह महान् न्यायी! ओ सर्वश्रेण्ठ तरुण!

पोर्शिया: जिस कानून का ऐसे सवाल से ताल्लुक है वह इस सज़ा के बिल्कुल माकूल है और शाइलॉक ऐण्टोनियो से पूरी तरह जुर्माना वसूल कर सकता है।

शाइलॉक: ओ परम विद्वान् न्यायी! ओ अविचलित महान् व्यक्ति! आप बिल्कुल ठीक कहते हैं। श्रीमान्, आप अपनी आयु से कहीं अधिक बुद्धिमान हैं!

पोर्शिया: इस लिए अपना सीना खोल दो।

शाइलॉक: हां, इसका सीना! यही शब्द हैं शर्तनामे में। महान् न्यायकर्ता! लिखे शब्द हैं: 'उसके हृदय के निकटतम स्थान से'।

पोर्शिया: हां, ठीक कहते हो। पर क्या तुम्हारे पास गोश्त तोलने के लिए तराजू भी है?

शाइलॉक: बिल्कुल तैयार है।

पोर्शिया: शाइलॉक! एक डॉक्टर को अपने खर्चे से ऐण्टोनियो के पास खड़ा करो, कहीं ऐसा न हो उसका ज़रूरत से ज़्यादा खून बह जाने से वह मर ही जाए।

शाइलॉक: लेकिन यह तो शर्तनामे में नहीं लिखा!

पोर्शिया: हां, ऐसा नहीं लिखा है। लेकिन उससे क्या? इतनी दया करोगे तो तुम्हारे लिए अच्छा ही है।

शाइलॉक: मैं ऐसा नहीं कर सकता। यह शर्तनामे में नहीं लिखा है।

पोर्शिया: ऐण्टोनियो! क्या तुम कुछ कहना चाहते हो?

ऐण्टोनियो: मैं अधिक कुछ नहीं कहना चाहता। मैं तो मौत

का सामना करने को तैयार हूं। आओ बैसनियो! विदा। इस बात का दुख न करना कि तुम्हारे कारण मुझे ऐसी परिस्थिति में पड़ना पड़ा कि अंत में मुझे जान से हाथ धोना पड़ गया। साधारणत: अन्यों से भाग्य इतने अनुकूल नहीं रहा, जितना मुझसे। यह तो एक मामूली बात है कि भाग्य अभागे को तो संपत्ति-नाश पर भी उबार ले जाता है पर उसे बहुत दिन तक परेशानियों और गरीबी की ज़िंदगी बिताने पर मजबूर करता है। मुझे तो मौत ऐसी ज़िंदगी से नजात दे देगी। अपनी कुलीन पत्नी को मेरी शुभकामनाएं देना और उन परिस्थितियों से अवगत कराना जिनके कारण मुझे मरना पड़ रहा है। उनको बताना कि मेरे-तुम्हारे कितने सुदृढ़ सबंध थे और मेरी मृत्यु के बाद मेरे बारे में प्रेम-भरे वचन कहना। बैसैनियो! जब तुम मेरी कथा कह चुको तब उनसे पूछना कि क्या उनके पति का एक बहुत प्यारा मित्र नहीं था! इसका खेद न करो कि एक प्रिय मित्र अब सदा के लिए बिछुड़ जाएगा। उसे इसका तनिक भी शोक नहीं कि वह तुम्हारा ऋण चुका रहा है, यदि यहूदी मेरे हृदय के पास से एक मांस-खण्ड काटता है, तो मैं सहर्ष इस दण्ड को भुगत लूंगा।

बैसैनियो: ऐण्टोनियो! ऐसी पत्नी से मेरा विवाह हुआ है जो मुझे अपनी जिंदगी की तरह प्यारी है। किंतु स्वयं यह जीवन, मेरी पत्नी, और सारा संसार, इनमें से किसीको भी मैं तुम्हारे जीवन से ऊपर नहीं रखता। सच कहता हूं, इस शैतान से तुम्हें छुड़ाने के लिए मैं सबका बलिदान कर सकता हूं।

पोर्शिया: तुम्हारी यह बात सुनकर तुम्हारी पत्नी प्रसन्न नहीं होगी।

ग्रेशियानो: मेरी भी एक पत्नी है, जिसे मैं सौगंध खाकर कह सकता हूं, प्रेम करता हूं। मैं चाहता हूं कि वह स्वर्ग चली जाए, काश,

इस हृदयहीन यहूदी के भीतर दैवी शक्ति से कोई परिवर्तन ला सके।

नरिसा: अच्छा है, आप अपनी स्त्री की अनुपस्थिति में ऐसी इच्छा कर रहे हैं, वर्ना अगर वह सुन लेती तो जरूर घर में आसमान सिर पर उठा लेती।

शाइलॉक: (स्वगत) ये हैं ईसाई जाति के पति, जो अपनी पत्नियों को इतना सस्ता समझते हैं कि अपने स्वार्थों को पूरा करने के लिए उनका बलिदान देने को तत्पर हैं। मेरी भी एक पुत्री है! काश, उसका विवाह भी बैराबैस के वंश में से किसीसे होता, न कि ईसाई से। (प्रकट) समय नष्ट हो रहा है। न्याय पूर्ण होने दीजिए।

पोर्शिया: इस सौदागर का आधा सेर गोश्त तुम्हारा है, न्यायालय तुम्हें देता है, कानून तुम्हें आज्ञा देता है।

शाइलॉक: हे न्यायी! ओह महान् न्यायी!

पोर्शिया: और तुम यह गोश्त उसकी छाती से काट सकते हो! न्यायालय तुम्हें देता है, कानून तुम्हें आज्ञा देता है।

शाइलॉक: अरे विद्वान् न्यायकर्ता! क्या दण्ड है! चलो तैयार हो जाओ!

पोर्शिया: थोड़ा ठहरो! कुछ और भी है। लेकिन यह शर्तनामा तुम्हें लोहू की एक बूंद भी नहीं देता। साफ अल्फाज़ में लिखा है: 'आधा सेर गोश्त'। यह शर्तनामा है, अपना आधा सेर गोश्त निकाल लो। लेकिन अगर काटते वक्त तुमने इस ईसाई के लहू की एक बूंद भी टपका दी, तो तुम्हारे हाथ और संपत्ति, वेनिस के कानून के मुताबिक वेनिस-राज्य के हाथों ज़ब्त हो जाएंगे।

ग्रेशियानो: अरे श्रेष्ठ न्यायकर्ता। यहूदी! देख! क्या विद्वान् न्यायी है!

शाइलॉक: क्या यही कानून है?

पोर्शिया: तुम स्वयं ही कानून देख लो। तुम न्याय पर ज़ोर देते हो, तो विश्वास रखो, न्याय मिलेगा, जितना तुम चाहते हो, उससे भी अधिक।

ग्रेशियानो: ओ परम विद्वान् न्यायकर्ता! यहूदी! बोल! ओ परम न्यायी!

शाइलॉक: तब मैं वह शर्त मंजूर करता हूं। मुझे तिगुना धन दिला दें। ईसाई को जाने दें।

बैसैनियो: यह रहा धन!

पोर्शिया: ठहरो! यहूदी को न्याय मिलेगा। ठहरो। जल्दी न करो। उसे दण्ड के अतिरिक्त कुछ भी नहीं चाहिए।

ग्रेशियानो: अरे यहूदी! वाह रे न्यायकर्ता! परम विद्वान् न्यायकर्ता!

पोर्शिया: इसलिए गोश्त काटने को तैयार हो जाओ। किंतु रक्त न बहाना। न ज़्यादा काटना, न कम, सिर्फ आधा सेर गोश्त। अगर तनिक भी अधिक या कम काट लिया, चाहे वह कितना ही कम-ज्यादा क्यों न हो कि एक हिस्से का बीसवाँ हिस्सा भी इधर-उधर हो, बल्कि अगर तराजू बाल-भर भी झुक गई, तो तुम्हारी मौत है और तुम्हारी सारी संपत्ति जब्त कर ली जाएगी।

ग्रेशियानो: दूसरा डैनियल! यहूदी! एक डैनियल आ गया है। अरे विधर्मी, अब तो आखिर पकड़ा गया न?

पोर्शिया: यहूदी क्यों रुकता है? अपनी शर्त पूरी करे!

शाइलॉक: मेरा मूलधन ही दे दो, मुझे जाने दो।

बैसैनियो: यह लो, मेरे पास तैयार है।

पोर्शिया: इसने कचहरी में साफ इन्कार किया है। इसे केवल न्याय मिलेगा। शर्त पूरी करे।

ग्रेशियानो: डैनियल! फिर कहता हूं दूसरा डैनियल! मैं तुम्हें धन्यवाद देता हूं यहूदी! तूने मुझे यह मुहावरा तो सिखा दिया।

शाइलॉक: क्या मुझे केवल मूलधन भी वापस नहीं मिलेगा?

पोर्शिया: केवल शर्त पूरी करने की आज्ञा के अतिरिक्त तुम्हें कुछ भी नहीं मिलेगा। और तुम अपने ही खतरों पर वह पूरी कर सकते हो।

शाइलॉक: शैतान की मार! मैं अब यहां जिरह करने को नहीं रुकना चाहता।

पोर्शिया: ठहरो यहूदी! अभी कानून की तुमपर एक और पकड़ है। वेनिस के कानून में कहा गया है कि यदि यह साबित हो जाए कि कोई विदेशी सीधे या किसी और तरीके से किसी नागरिक की जान लेना चाहता है तब जिसके विरुद्ध वह ऐसा करता है उसे अधिकार है कि वह मारने की कोशिश करने वाले की आधी संपत्ति प्राप्त कर ले। बाकी आधा सरकार के खजाने में जाएगा। मारने वाले का जीवन केवल ड्यूक की दया पर निर्भर रहता है। यदि ड्यूक न चाहे तो किसीकी भी प्रार्थना व्यर्थ है। तुम इस खतरनाक हालत में हो, क्योंकि यह बिल्कुल साफ है कि सीधे भी और हर तरीके से भी तुमने प्रतिवादी की जान लेने की कोशिश की। इस तरह तुम इस जुर्म के मुजरिम साबित हुए हो। इसलिए फौरन अपने घुटने टेककर ड्यूक से दया की भीख मांगो।

ग्रेशियानो: यहूदी! ड्यूक की आज्ञा के लिए प्रार्थना करो कि घर जाकर फांसी लगाकर मर सको। तुम तो यह भी नहीं कर सकते।

क्योंकि तुम्हारी सारी जायदाद राज्य ने ज़ब्त कर ली और अब तुम गले में बांधने के लिए रस्सी भी कहां से लाओगे? रस्सी का भी खर्चा सरकार को ही करना पड़ेगा।

ड्यूक: अब तुम हमारी प्रात्मा का भेद देखो! तुम्हारे याचना करने के पूर्व ही मैं तुम्हें क्षमा करता हूं, जीवनदान देता हूं। तुम्हारी आधी संपत्ति ऐण्टोनियो की है और आधी राज्य की। यदि तुम दीन पश्चात्ताप करोगे तो मैं तुम्हारी जायदाद को ज़ब्त न करके साधारण जुर्माना ही कर दूंगा।

पोर्शिया: आप राज्य का भाग छोड़ सकते हैं, ऐण्टोनियो का भाग नहीं।

शाइलॉक: नहीं, मेरा जीवन भी ले लो। जब सब संपत्ति ही ले लोगे, तब मेरे जीवित रहने से भी क्या लाभ? बिना आधार के घर ही कैसे खड़ा रह सकता है? जब मेरे जोवन का ही आधार ले लोगे तब मैं ही रहकर क्या करूंगा?

पोर्शिया: ऐण्टोनियो! तुम इसपर क्या दया कर सकते हो?

ग्रेशियानो: एक फांसी का फंदा मुफ्त दे सकते हैं! भगवान् के लिए! और कुछ नहीं।

एण्टोनियो: मैं ड्यूक और न्यायालय से प्रार्थना करता हूं कि जो जुर्माना इसकी आधी जायदाद से सम्बन्ध रखता है, जिसे राज्य ले लेगा, उसे क्षमा किया जाए; बशर्ते कि वह बाकी आधी मुझे दे, एक ट्रस्ट के रूप में, ताकि मैं उस भाग को उस व्यक्ति को इसकी मृत्यु के बाद दे सकूं, जिसने इसकी पुत्री से विवाह किया है। यह जो इसे सहूलियत दी जा रही है, इसके बदले में मैं इसके सामने दो शर्तें पेश करता हूं—एक यह कि यह तुरन्त ईसाई धर्म को अंगीकार कर ले, दूसरे यह न्यायालय

में ही वह लिखा-पढ़ी पक्की कर दे जिसमें साफ लिखा हो कि जायदाद का आधा हिस्सा इसकी मौत के वक्त इसके दामाद और इसकी बेटी को मिल जाए।

ड्यूक: यह ऐसा ही करेगा, वर्ना अभी जो क्षमा दी गई है वह वापस ले ली जाएगी।

पोर्शिया: यहूदी! क्या तुम संतुष्ट हो? कुछ कहना है?

शाइलॉक: मैं संतुष्ट हूं।

पोर्शिया: क्लर्क! विरासत का दस्तावेज़ तैयार करो।

शाइलॉक: मैं प्रार्थना करता हूं कि मुझे यहां से जाने की आज्ञा दी जाए। मेरी तबीयत ठीक नहीं है। मेरे पास दस्तावेज़ भेज दीजिए। मैं दस्तखत कर दूंगा।

ड्यूक: जा सकते हो, पर काम पूरा कर देना।

प्रेशियानो: जब तुम ईसाई होगे तो तुम्हारे दो धर्मपिता[1] होंगे। यदि मैं न्यायकर्ता होता तो मैं तुम्हें बारह धर्मपिता देता ताकि जूरी बनकर वे तुम्हें ईसाई बनाने की बजाय फांसी की सज़ा देते।

[शाइलॉक का प्रस्थान]

ड्यूक: (पोर्शिया से) मैं आपको आज अपने यहां भोजन पर निमंत्रित करता हूं।

पोर्शिया: मैं अत्यंत विनय से क्षमा मांगता हूं। मुझे आज रात ही पदुआ के लिए कूच कर देना है। और यह मेरे लिए बहुत ही आवश्यक है।

ड्यूक: क्या करें! खेद है आपको तनिक भी अवकाश नहीं। ऐण्टोनियो! इन्हें अच्छा पुरस्कार देना। तुम वास्तव में इनके बहुत ऋणी हो।

---

1. ईसाई बनाते समय एक व्यक्ति धर्मपिता बनता है। यहां दो हैं—पोर्शिया और ऐएटोनियो।

[ड्यूक तथा उसके सेवकों का प्रस्थान]

बैसैनियो: योग्य मित्र! आप ही की बुद्धिमत्ता से मैं इस भयानक संकट से निकल रहा हूं। आपके इस कष्ट के लिए हम शाइलॉक को दिए जाने वाले 3000 ड्यूकैट आपकी सेवा में अर्पित करना चाहते हैं।

ऐण्टोनियो: और हम सदा-सर्वदा के लिए प्रेम और सेवा के क्षेत्र में आपके ऋणी बने रहेंगे।

पोर्शिया: जो पूर्ण तृप्त हो जाता है, उसे पूरा इनाम भी मिल जाता है। तुम्हें छुड़ाकर मैं पूर्ण सन्तुष्ट हूं। और इसलिए यह मानता हूं कि मुझे पूरा इनाम मिल चुका है। रुपये की तरफ तो मेरा ध्यान नहीं था। मैं चाहता हूं तुम सुखी रहो। अब विदा दो।

बैसैनियो: श्रीमान्! हम तो आपको इस विषय में दबाने के लिए मजबूर हैं। आप फीस के तौर पर नहीं, हमारी यादगार के तौर पर ही कोई भेट तो लेते जाइए। मैं प्रार्थना करता हूं, अस्वीकार न कीजिए।

पोर्शिया: आप तो बहुत दबाते हैं। खैर, मानना ही पड़ेगा। (ऐण्टोनियो से) मुझे अपने दस्ताने दे दीजिए, आपकी खातिर उन्हें पहना करूंगा। (बैसैनियो से) आपके प्रेम की याद में मैं आपसे यह अंगूठी लूंगा। हाथ पीछे न खींचिए। मुझे और कुछ नहीं चाहिए। और फिर प्रेम है तो क्या आप इससे इंकार कर देंगे?

बैसैनियो: यह अंगूठी! श्रीमान्! क्या बताऊं! बड़ी मामूली चीज़ है। आपको इसे देना तो आपकी तौहीन करना है।

पोर्शिया: मुझे तो बस यही चाहिए, अब तो बस मन में भर गई है।

बैसैनियो: मैं इसकी कीमत की वजह से नहीं हटता। मैं एलान

कराके वेनिस की कोई बहुत कीमती चीज़ आपके लिए तलाश कराता हूं। पर इसके लिए मुझे माफ कीजिए। बस इतनी मेरी मान जाइए।

पोर्शिया: आप भी खूब ही देते हैं। एक तो मुझसे याचना करा ली और अब मुझे यह सिखा रहे हैं कि भिखारी को कैसे जवाब दिया जाता है?

बैसैनियो: श्रीमान्! यह अंगूठी तो मेरी पत्नी ने मुझे दी थी। और जब उसने पहनाई थी तब मुझसे कसम ले ली थी कि न मैं इसे बेचूंगा, न गवाऊंगा।

पोर्शिया: यह तो मर्दों में न देने के लिए आम बहाना है। अगर आपकी पत्नी पागल ही है, तो और बात है। क्या मैं इस अंगूठी के योग्य नहीं हूं? आप इसे मुझे दे देंगे तो क्या वह बुरा मानेगी। चलें। रखिए। तकलीफ न उठाइये।

[पोर्शिया और नैरिसा का प्रस्थान]

ऐण्टोनियो: श्रीमंत बैसैनियो! अंगूठी दे दो न! क्या उसका काम और मेरा प्रेम दोनों भी ऐसे नहीं हैं कि तुम्हारी पत्नी की आज्ञा को बदल सकें?

बैसैनियो: ग्रेशियानो! लेना! दौड़के उसे रोकना। उसे यह अंगूठी दे दो। और हो सके तो उसे ऐण्टोनियो के घर ले आना। जल्दी जाओ।

[ग्रेशियानो का प्रस्थान]

चलो, हम तब तक वहां पहुंच जाएं। हम लोग कल शाम को बैल्मोण्ट के लिए रवाना होंगे। चलो ऐण्टोनियो, अब चलें।

[प्रस्थान]

दृश्य 2

[वही; पथ]

[पोर्शिया, नैरिसा का पुरुष-वेश में ही प्रवेश]

पोर्शिया: यहूदी का घर तलाश करो। उसे दस्तावेज़ दे दो और उससे दस्तखत करा लो। हम आज रात चलेंगे और अपने पतियों के आने के एक दिन पहले ही पहुंच जाएंगे। लौरेन्ज़ो तो इस दस्तावेज़ को पाकर खुश हो जाएगा।

[ग्रेशियानो का प्रवेश]

ग्रेशियानो: श्रीमान्! बड़े भाग्य कि आप मिल तो गए! श्रीमंत बैसैनियो ने बाद में सोचने पर अपना इरादा बदल दिया। उन्होने अंगूठी भिजवाई है। उन्होंने आपको ऐण्टोनियो के घर पर भोजन के लिए निमंत्रित भी किया है।

पोर्शिया: यह तो नहीं हो सकता। मैं नहीं आ सकूंगा। हां, अंगूठी के लिए धन्यवाद देता हूं। कृपया आप उनसे कह दें। और हां, कृपया तनिक शाइलॉक का घर इस नौजवान को दिखा दें।

ग्रेशियानो: ज़रूर, ज़रूर!

नैरिसा: श्रीमान्! मैं कुछ कहना चाहता हूं। (पोर्शिया से, अलग) मैं देखती हूं यदि मैं अपने पति की अंगूठी ले सकूं, जिसे मैंने देते समय प्रतिज्ञा कर ली थी कि वे सदैव अपने पास रखेंगे।

पोर्शिया: (नैरिसा से, अलग) ले ले। ज़रूर मिलेगी। उन्होंने तो मर्दों को अंगूठियां दी हैं, पर हम तो कसम खाकर विरोध करेंगी और कहेंगी कि नहीं स्त्रियों को दी हैं। (ज़ोर से) जल्दी-जल्दी करो। तम जानते हो मैं कहां प्रतीक्षा करूंगा?

नैरिसा: चलिए श्रीमान्! आप ही मुझे घर दिखाएंगे न?

[प्रस्थान]

पांचवां अंक

दृश्य 1

[बेल्मोण्ट; पोर्शिया के घर का रास्ता]

[लोरेन्जो और जैसिका का प्रवेश]

लौरेन्ज़ो: कैसी चांदनी बिखरी हुई है। मीठी बयार निःशब्द-सी बक्षों को चूमती हुई बह रही है। ऐसी ही चांदनी रात में ट्रोइलस ट्रॉय नगर की प्राचीर पर चढ़ा होगा और उसने उन यूनानी शिविरों की ओर देखकर लम्बी-लम्बी आहे भरी होंगी जहां उसकी विश्वासघातिनी प्रिया सिडा सो रही होगी।'

जैसिका: ऐसी ही चांदनी रात में थिस्वी भीरुता से ओस-भीगी घास पर चली होगी और जब उसने सिंह की छाया देखी होगी तब घोर आतंक से भरकर भाग गई होगी।

लौरेन्ज़ो: ऐसी ही चांदनी रात में कारथेज की रानी दीदो उत्ताल तरंगों से आंदोलित समुद्र-तीर पर बिना एक भी हरी डाल हाथ में लिए खड़ी रही होगी, जहां से उसने अपने प्रेमी ईनीज़ को विदा दी होगी और अनुनय-भरे स्वर में कहा होगा कि शीघ्र ही कारथेज लौट आना।

जैसिका: ऐसी ही चांदनी रात में जेसन की पत्नी मीडिआ ने ऐन्द्र-जालिक जड़ी-बूटियां एकत्र की होंगी, जिनसे उसने अपने ससुर ईसन को फिर युवक बना दिया था।

---

1. एक प्राचीन यूनानी कथा का संदर्भ। इसी प्रकार यहां कई कथाएं प्राई हैं जिनका मूल तात्पर्य प्रेम व्यक्त करना है।

लोरेन्ज़ो: ऐसी ही सुंदर रात को धनी यहूदी की पुत्नी जैसिका, अपने पिता के घर से भागी थी अपने निर्धन प्रेमी के साथ बेल्मोण्ट को।

जेसिका: ऐसी ही मधुर रात्नि को तरुण लौरेन्ज़ो ने जैसिका से अपना अखंड और सर्वकालीन प्रेम प्रकट किया था और अपनी अनेक विश्वासदायिनी और शाश्वत रहने वाले प्रेम की प्रतिज्ञाओं से उसका हृदय जीत लिया था, वे प्रतिज्ञाएं जिनमें से एक भी विश्वास करने योग्य नहीं थी।

लौरेन्ज़ो: ऐसी ही मनोहर रात में सुन्दरी जैसिका ने अपनी तेज़ जीभ से अपने प्रेमी के विश्वास पर संदेह किया था, जिसे उसने क्षमा कर दिया था।

जैसिका: ऐसी ही रात के तुम्हारे इस खेल में मैं तुम्हें अवश्य हरा देती, यदि कोई आता न होता। देखो न? किसीकी पदचाप सुनाई दे रही है।

[स्टीफेनो का प्रवेश]

लोरेन्ज़ो: रात के सन्नाटे में इतनी तेज़ी से कौन आ रहा है?

स्टीफेनो: मित्न!

लौरेन्ज़ो: मित्न! कौन मित्न! तम्हारा नाम! बताओ मित्न!

स्टीफेनो: मेरा नाम स्टीफेनो है और मैं यह संवाद लाया हूं कि मेरी स्वामिनी पौ फटने से पहले यहां बेल्मोण्ट में आ पहुंचेगी। वे यहां-वहां तीर्थयात्नी की भांति घूम रही हैं और जहां-जहां पवित्न गिरजे हैं वहां-वहां दर्शन करतीं, एक सुखी दांपत्य के लिए प्रार्थना करतीं, शुभकामना करती, पर्यटन कर रही हैं।

लौरेन्ज़ो: उनके साथ कौन आ रहा है?

स्टीफेनो: केवल एक पवित्न साधु है और नैरिसा है। क्या मेरे स्वामी बैसैनियो लौट आए हैं?

लौरेन्ज़ो : नहीं, वे नहीं आए, और न अभी कोई खबर आई है। चलो जैसिका भीतर चलें और श्रीमती पोर्शिया के लिए महान् स्वागत का आयोजन करें।

[लॉन्सलौट का प्रवेश]

लॉन्सलौट: ऐ हो, ऐ हो! कहां हो! बोलो! बोलो!

लौरेन्ज़ो : कौन है?

लॉन्सलौट: अरे? स्वामी लौरेन्ज़ो कहां हैं! स्वामी लौरेन्ज़ो!

लौरेन्ज़ो : अरे चिल्लाओ मत! मैं यहां हूं।

लॉन्सलौट: आप कहां हैं?

लौरेन्ज़ो : यहां हूं तो!

लॉन्सलौट: उनसे कहो कि स्वामी बैसैनियो के पास से एक दूत आया है और संवाद लाया है कि वे पौ फटते तक आ पहुंचेंगे।

[प्रस्थान]

लौरेन्ज़ो: प्रिये जैसिका! भीतर चलो, और वहीं उनकी प्रतीक्षा करें। और फिर बात ही क्या है? हम भीतर ही क्यों जाएं? स्टीफेनो! तुम सेवकों को सूचना दे दो कि श्रीमती पोर्शिया शीघ्र आ रही हैं और घर के गाने-बजाने वालों से भी कह दो कि तैयार हो जाएं और बाग में आ जाएं।

[स्टीफेनो का प्रस्थान]

इस तीर पर चांदनी कैसी जादू-भरी-सी सो रही है! आओ, यहां बैठें और मधुर संगीत सुनें। संगीत की मीठी तानों से रात की पूर्ण नि-स्तब्धता कितनी एकाकार हो गई है। बैठो, जैसिका। देखो, सुवर्ण की कणिकाओं से जटित आकाश कितना सुहावना लग रहा है। छोटे से छोटा नक्षत्र भी आज मानो मधुरतम स्वर से गा रहा है, घूमता हुआ, मानो वे सब देवदूत हैं। सुन्दर! संगीत की ऐसी ही तल्लीनता अमर

आत्माओं में भी होती है, किन्तु जब तक यह आत्मा क्षणभंगुर पार्थिव शरीर में रहती है तब तक हम उसे सुन नहीं पाते।

[संगीतज्ञों का प्रवेश]

आओ! आओ! डायना[1] को अपने गीत से जगायो। मीठे स्वरों से अपनी स्वामिनी की श्रुतियों को भर दो और उन्हें घर की ओर खींच लाओ।

[संगीत]

जैसिका: मैं जब भी मधुर संगीत सुनती हूं तब एक उदासी-सी मुझपर छा जाती है।

लौरेन्ज़ो: इसका कारण है कि तुम उसमें तल्लीन हो जाती हो। जंगली और हिंस्र पशु भी संगीत से प्रभावित हो जाते हैं। चंचल और अनसीखे घोड़े भी, जोकि भयानक ढंग से कूदते हैं, चिल्लाते और ज़ोर से हिनहिनाते हैं, शक्ति के स्फुरण से उच्छृंखल होते हैं; वे भी यदि तुरही-नाद सुनते हैं, या संगीत की मधुर धारा उनके कानों में पड़ जाती है, तो शांत, इकट्ठे होकर खड़े हो जाते हैं। उनकी बर्बर आंखों में एक कोमलता आ जाती है। संगीत की ऐसी ही शक्ति है, इसीलिए लैटिन भाषा के कवि ओविड ने कल्पना की थी कि ऑरफियस अपने संगीत से न केवल हिंस्र पशुओं को काबू में कर लेता था वरन् उसका प्रभाव वृक्षों और चट्टानों पर भी पड़ता था। झरने मानो उसके वाद्ययंत्र की ध्वनि का अनुसरण करते हुए बहते थे। कैसा भी क्रूर और कर्कश व्यक्ति क्यों न हो, संगीत सदैव हृदय को कोमल बना देता है। जो न स्वयं गा पाता है, न संगीत से प्रभावित होता है, वह बड़ा ही खतरनाक होता है। वह विश्वासघात, धोखा,

---

1. डायना—चंद्रमा। यूरोप में चंद्रमा को देवता नहीं, देवी मानते हैं। डायना उस रूपवती देवी का नाम है।

षड्यंत्र और लूट जैसे बीभत्स और घातक कर्म भी कर सकता है। उसके विचार और भावनाएं अन्धकारमय और जघन्य होती हैं। ऐसे व्यक्ति का कभी विश्वास नहीं करना चाहिए। सुनो। संगीत सुनो।

[पोर्शिया और नैरिसा का प्रवेश]

पोर्शिया: वह प्रकाश मेरे भवन के मुख्य प्रकोष्ठ से आ रहा है। देखती हो, छोटी मोमबत्ती भी कितनी दूर तक अपनी किरण फेंकती है! इस कुटिल संसार में अच्छा काम इसी प्रकार प्रकाशित होता है।

नैरिसा: हम चांदनी में उस मोमबत्ती के प्रकाश को नहीं देख सके थे।

पोर्शिया: महान गौरव इसी प्रकार लघुता को ढक लेता है। सम्राट् के अभाव में उसके स्थान में काम करने वाला ही चमकता है। किंतु सम्राट् के आते ही वह दिखना बंद हो जाता है, जैसे कोई क्षीण जलधारा समुद्र में गिरने पर अपना व्यक्तित्व खो बैठती है। सुनो न! संगीत की मधुर तान को सुनो।

नैरिसा: श्रीमती! यह संगीत तो अपने ही घर में हो रहा है।

पोर्शिया: अपने संदर्भ के बिना कुछ भी अच्छा नहीं लगता। दिन की तुलना में संगीत रात की निस्तब्धता में कितना मोहक लगता है!

नैरिसा: श्रीमती! यह तो नीरवता ही है जो संगीत का सम्मोहन इतना बढ़ा रही है।

पोर्शिया: यदि हमने दोनों को नहीं सुना होता तो क्या श्यामा का संगीत हमें कौए की कर्कश आवाज़ की तुलना में विशेष अच्छा लगता? यदि कोई मधुर स्वर का कोकिल दिन में उस समय गाता जबकि बत्तख

करकती आवाज़ें करती है, तब कौन उसे विशेष महत्त्व देता? उपयुक्त समय और स्थान से ही बहुत-सी वस्तुएं प्रशंसा को प्राप्त होती हैं। कितना निस्तब्ध! चंद्रदेवी अपने प्रेमी एण्डिमियन[1] के साथ सो रही है। कहीं जाग न जाए।

[संगीत रुकता है।]

लोरेन्ज़ो: यदि मैं भूल नहीं कर रहा हूं तो वह स्वर अवश्य ही पोर्शिया का है।

पोर्शिया: वह मुझे ऐसे जानता है जैसे बुरे स्वर के कारण अंधा आदमी कुक्कू पक्षी को पहचान लेता है।

लौरेन्ज़ो: श्रीमती, स्वागत है! आइए घर पधारिए!

पोर्शिया: हम अपने पतियों के कुशल-मंगल की प्रार्थनाएं करती घूम रही थीं। उनके फलस्वरूप वे तो सकुशल आ पहुंचे होंगे न?

लौरेन्ज़ो: श्रीमती! अभी तो नहीं। किंतु कुछ पहले एक संवादवाहक आया था जिसने कहा था कि वे आने वाले हैं।

पोर्शिया: भीतर जाओ नैरिसा! मेरे सेवकों से कहो कि वे ऐसी कोई बात प्रकट न होने दें कि हम अभी तक यहां नहीं थीं। लौरेन्ज़ो! जैसिका! सुनते हो न? कहना नहीं।

[तूर्यनाद]

लौरेन्जो: आपके पति निकट हैं। मैं तूर्यनाद सुन रहा हूं। हम इधर-उधर की लगाने वाले नहीं हैं श्रीमती! आप चिन्ता न करें।

पोर्शिया: रात कितनी उजली है, ऐसा लगता है जैसे कोई धुंधला-सा दिन हो जब सूर्य मेघों में छिप जाता है।

1. चन्द्रमा देवी है, अतः उसका एक प्रेमी भी है।

[बैसैनियो, ऐरटोनियो, ग्रेशियानो और सेवकों का प्रवेश]

बैसैनियो: हमारे यहां तो दिन ही रात में भी रहे, जैसे संसार की दूसरी तरफ होगा, यदि तुम (पोर्शिया) सूर्य के स्थान पर चलती रहो।

पोर्शिया: मुझे प्रकाश देने दो, लेकिन हल्का[1] मत बनने दो, क्योंकि जो स्त्री तुच्छ होती है उसका पति सदैव व्यथित रहता है, उसका जीवन भारी हो जाता है। मैं तुम्हें ऐसा नहीं होने दूंगी बैसैनियो! परमात्मा सब घटनाओं से मुक्ति दे। मेरे स्वामी! आपका अपने घर में स्वागत है।

बैसैनियो: मैं तुम्हें धन्यवाद देता हूं श्रीमती। मेरे मित्र का स्वागत करो। यही ऐण्टोनियो हैं। इन्हींसे मेरा इतना गहरा स्नेह है।

पोर्शिया: इनसे तो आपको सदैव ही स्नेह रखना चाहिए, क्योंकि मैंने सुना है इनका आपपर अगाध स्नेह है। आपके कारण ही तो इतने ऋणी ये रहे!

ऐण्टोनियो: कैसा भी रहा हूं, अब मैं सबसे मुक्त हूं।

पोर्शिया: स्वागत है श्रीमान्! यह स्वागत केवल शाब्दिक नहीं होना चाहिए इसलिए इतना ही कहकर चुप रह जाती हूं।

ग्रेशियानो: (नैरिसा से) इस प्रकाशमान चंद्र की सौगंध है, तुम मुझे व्यर्थ ही दोष दे रही हो। मैं तुम्हें विश्वास दिलाता हूं कि मैंने वकील के क्लर्क को अंगूठी दी है, और किसीको नहीं। मैं तो यही चाहता हूं कि जिसे मैंने अंगूठी दी है वह मर ही जाए, क्योंकि तुम्हारे गुस्से का तो छोर ही नहीं।

---

1. शेक्सपियर ने 'लाइट' का प्रयोग किया है, जिसके दोनों अर्थ हैं—प्रकाश, हल्का या तुच्छ।

पोर्शिया: क्यों शादी के बाद इतनी जल्दी झगड़ना शुरू कर दिया? बात क्या है?

ग्रेशियानो: झगड़ा तो उस मामूली सोने की अंगूठी के पीछे है जो इसने मुझे दी थी। उसके भीतर की तरफ खुदा हुआ था, जैसे चाकू-वाकू पर खुदा होता है: 'मुझसे प्रेम करो और मुझसे वियोग मत करो।'

नैरिसा: तुम उस आलेख की बात क्यों करते हो? तुम उस अंगूठी की कीमत पर क्यों बोलते हो? तुमने, जब मैंने अंगूठी दी थी, वादा किया था कि तुम मृत्यु तक उसे पहने रहोगे। और वह तुम्हारे साथ कब्र में रहेगी। मेरे लिए न सही, तुम्हारी प्रतिज्ञाओं के लिए ही सही, तुमने उसे निबाहा तो होता, इसीलिए रखे होते। एक वकील के क्लर्क को दे दी! नहीं! भगवान मेरा न्याय करे। तुमने जिस क्लर्क को वह अंगूठी दी है, उसके गालों पर कभी बाल नहीं उगेगे न?

ग्रेशियानो: वह पुरुष है, स्त्री नहीं। जब उम्र होगी, तब दाढ़ी भी उग आएगी उसके।

नैरिसा: हां हां, अगर औरत मर्द बन जाएगी तो उसके भी दाढ़ी उगेगी।

ग्रेशियानो: मैं अपने इस हाथ की कसम खाकर कहता हूं कि मैंने अंगूठी एक नौजवान को दी है। वह वैसे मरा-सा, नाटा-सा लड़का था, बक-बक करता था, पीछे पड़ गया कि हमारी सेवा के बदले में दे दीजिए और मैं उससे इन्कार नहीं कर सका।

पोर्शिया: (ग्रेशियानो से) मैं स्पष्ट कह दूं कि आपने अपनी पत्नी की वस्तु इतनी शीघ्रता से देकर अपराध ही किया है। उसने अंगूठी दी थी और आपने प्रतिज्ञा की थी कि सदैव अपने पास रखेंगे विश्वासपूर्वक।

मैंने भी अपने पति को एक अंगूठी दी थी। उन्होंने भी उसे सदैव अपने पास रखने की प्रतिज्ञा की थी। वे यहीं हैं। मैं विश्वासपूर्वक कह सकती हूं कि वे उसे कभी नहीं छोड़ सकते चाहे सारे संसार की सम्पत्ति भी उन्हें क्यों न दे दी जाए। सच ग्रेशियानो! तुम्हारी पत्नी बिल्कुल उचित ही तुम्हारे इस कार्य का विरोध कर रही है। अगर ऐसा मेरे साथ होता तो मैं तो पागल हो गई होती!

बैसैनियो: (स्वगत) जी करता है अपना बायां हाथ काट डालूं और इसे विश्वास दिलाऊं कि एक चोर से अपनी अंगूठी की रक्षा करते समय यह कट गया।

ग्रेशियानो: श्रीमंत बैसेनियो ने भी अपनी अंगूठी वकील को दे दी। उसने इनसे मांगी थी और सचमुच उसकी सेवाएं ऐसी थीं कि वह उसके योग्य था। और वकील के क्लर्क ने, जिसने दस्तावेज़ की नकल की थी, मेरी अंगूठी मांग ली। वकील और उसका क्लर्क अंगूठियों के सिवाय कुछ और लेने को ही तैयार नहीं होते थे।

पोर्शिया: मेरे स्वामी! आपने वकील को कौन-सी अंगूठी दे दी? वह तो नहीं दी होगी जो मैंने आपको दी थी!

बैसैनियो: यदि झूठ बोलने से अपराध छिप जाता तो मैं बोल भी देता, लेकिन क्या करू, उंगली तो खाली है। अंगूठी चली गई।

पोर्शिया: जैसे तुम्हारी उंगली बिना अंगूठी की है, वैसे ही तुम्हारा झूठा हृदय भी सत्य से शून्य है। मैं तो तब तक तुम्हारी पत्नी नहीं होऊंगी जब तक अंगूठी नहीं देख लेती।

नैरिसा: सुनो ग्रेशियानो! जब तक अंगूठी नहीं दिखाओगे तब तक मैं तुम्हारी पत्नी नहीं बनूंगी।

बैसैनियो: प्रिये पोर्शिया! यदि तुम जानतीं कि मैंने अंगूठी किसे

दी है, यदि तुम यह जानतीं कि मैंने उसे किसके लिए दी है, यदि यह भी सोच पातीं कि मैंने वह अंगूठी क्यों दे दी है, कितनी अनिच्छा से उससे वियोग किया है, तब दी है जब वह और कुछ लेता ही न था, तब शायद तुम मुझपर इतनी क्रुद्ध नहीं होती।

पोर्शिया: यदि तुम अंगूठी की शक्ति जानते होते, यदि तुम अपने कर्तव्यों से अवगत होते कि केवल उस अंगूठी से ही तुम अपना सम्मान जीवित रख सकते हो, तुमने वह इस तरह कभी नहीं दे दी होती। संसार में ऐसा कोई भी अनर्गल आदमी नहीं हो सकता कि वह उसे ही लेने पर अड़ जाए जिसे तुम इतना पवित्र कहते हो। यदि तुमने उससे अपने हृदय के आवेगों को प्रकट करके तर्क किया होता, अपनी अंगूठी अपने पास बनाए रखने की तीव्र इच्छा प्रकट की होती तो ऐसा न होता। मैं भी नैरिसा की भांति यही सोचती हूं कि तुमने वह अंगूठी किसी स्त्री को ही दी होगी। मैं तो इस बात पर अपनी ज़िंदगी की शर्त लगा सकती हूं।

बैसैनियो: श्रीमती, सुनो! मैं अपने आत्मसम्मान की शपथ खाता हैं। किसी स्त्री ने नहीं, वकील ने ली है। उसने मुझसे 3000 ड्यूकैट लेने से इन्कार कर दिया और अंगूठी मांगी। मैंने उससे इन्कार कर दिया, और वह असन्तुष्ट चला गया—वह चला गया, जिसने मेरे इतने प्रिय मित्र के जीवन की रक्षा की थी। क्या कहूं सुन्दरी! मुझे मजबूर किया गया कि मैं अंगूठी उसके पास भेज दूं। मुझे दाक्षिण्य और लज्जा ने घेर लिया। मेरा आत्मसम्मान मुझे धिक्कार देने लगा कि मैं इतना अकृतज्ञ कैसे हो गया। क्षमा करो देवी! रात्रि के इन टिमटिमाते अनंत के दीपकों[1] की शपथ! यदि तुम वहां होतीं, तो स्वयं तुमने ही उस योग्य वकील को उपहार स्वरूप देने को वह अंगूठी मुझसे मांग ली होती।

1. तारे

पोर्शिया: उस वकील को मेरे घर से दूर रखिए। जिस रत्न को मैं इतना चाहती थी, वह उसे ही ले गया है। तुमने तो मेरे लिए उसे सदैव अपने पास रखने की प्रतिज्ञा की थी। मैं भी तुम्हारी भांति उदार हो जाऊंगी। वह जो भी मांग उसे वही दे दूंगी।

नैरिसा: (ग्रेशियानो से) मैं उसके क्लर्क से कुछ भी इंकार नहीं करूंगी। इसलिए तुम्हें यही राय देती हूं कि मेरी अच्छी निगरानी रखना।

ऐण्टोनियो: ये सब झगड़े मुझ अभागे के कारण ही हैं।

पोर्शिया: नहीं श्रीमान्! आप खेद न करें। कुछ भी हो, आपका तो स्वागत है।

बैसैनियो: पोर्शिया, विवशता के इस अपराध के लिए मुझे क्षमा करो। अपने इतने मित्रों के सामने मैं तुम्हारी सुन्दर आंखों को शपथ खाकर कहता हूं, जहां मैं अपनी ही छाया देखता हूं, कि मैंने मजबूरी में ऐसा किया।

पोर्शिया: देखी आपने यह कसम! अपनी छाया मेरी आंखों में देखते हैं। दो आंखें हैं, दो छाया हुईं। यों दो-दो जीभ[1] की कसम हो गई। उसका मूल्य ही क्या है?

बैसैनियो: लेकिन सुनो! इस अपराध को भूल जाओ, और सुनो मैं प्रतिज्ञा करता हूं, अपनी आत्मा की शपथ ग्रहण करता हूं कि अब कभी कोई बात कहकर नहीं तोड़ूंगा।

ऐण्टोनियो: एक बार मैंने अपना जीवन इसके सुख के लिए दांव पर रखा था। जिसे बैसैनियो ने अंगूठी दी है, उस वकील ने ही सफलता

---

1. दो जीभ—मूल्यरहित बात। हिन्दी में कहते हैं—क्या सांप-सी दो जीभ की बात कहते हो!

से मेरी रक्षा की है। मैं बैसैनियो के लिए अपनी आत्मा की ज़मानत देता हूं कि यदि अब बैसैनियो अपनी बात नहीं रखेगा तो मैं अपनी जान दे दूंगा।

पोर्शिया: तो आप ज़ामिन हुए। तो इन्हें अंगूठी दे दीजिए। यह लीजिए। और कह दीजिए कि इसकी ठीक से हिफाज़त करें।

ऐण्टोनियो: यह लो बैसैनियो! इस अंगूठी की रक्षा करने की शपथ ग्रहण करो।

बैसैनियो: अरे! यह तो वही है जो मैंने उस वकील को दी थी!

पोर्शिया: क्षमा करो बैसैनियो! मैंने यह उसीसे ली है।

नैरिसा: श्रीमान् ग्रेशियानो! क्षमा करें! मैंने भी डॉक्टर के क्लर्क उसी नाटे लड़के से यह अंगूठी पाई है।

पोर्शिया: तुम सब आश्चर्य में पड़ गए? यह पत्र है, फुर्सत में पढ़ना। पदुआ से बैलारियो के पास से आया है। इसमें लिखा है कि वकील तो पोर्शिया थी और नैरिसा उसका क्लर्क बनी थी। लौरेन्ज़ो यहीं है और वह गवाह है कि तुम लोगों के जाते ही मैं भी चली थी और अभी लौटी हूं। अभी तो मैं अपने घर में भी नहीं घुसी हूं। स्वागत है ऐण्टोनियो! और जिसकी तुम आशा भी नहीं करते, मैं तो तुम्हें ऐसी अच्छी खबर सुनाऊंगी! यह पत्र शीघ्र मुहर तोड़कर खोलो। तब तुम्हें पता चलेगा कि अकस्मात् ही तुम्हारे बहुत माल से लदे तीन जहाज़ बन्दरगाह पर आ गए हैं। पर यह नहीं बताऊंगी कि मुझे यह पत्र कैसे मिला।

ऐण्टोनियो: मैं तो वैसे ही अवाक् हूं।

बैसैनियो: तुम वकील बनी थीं! मैं तो तुम्हें पहचान भी नहीं पाया!

ग्रेशियानो: तुम क्लर्क थीं?

ऐण्टोनियो: श्रीमती! आपने मुझे जीवन ही नहीं दिया, वरन् जीविका भी दी है। क्योंकि इसमें स्पष्ट लिखा है कि मेरे जहाज़ बंदरगाह पर सुरक्षित पहुंच गए हैं।

पोर्शिया: लौरेन्ज़ो! कहो! मेरे क्लर्क के पास तुम्हारे लिए भी कुछ बहुत अच्छी खबर है!

नैरिसा: और मैं तो इनसे फीस भी न लूंगी, योंही बता देती हूं। यह है, तुम और जैसिका, दोनों लो, शाइलॉक की विरासत का दस्तावेज़ कि उसकी मृत्यु के बाद उसकी सारी सम्पत्ति लौरेन्ज़ो की हो जाएगी।

लौरेन्ज़ो: सुंदर देवियो! तुम तो बुभुक्षित जनों के लिए स्वर्ग का भोजन हो।[1]

पोर्शिया: अरे, सुबह हो गई! लेकिन इतनी घटनाएं हुई हैं कि इनसे निबटना क्या इतना सहज है! चलो भीतर चलें और वहां मुझसे चाहे जितने सवाल पूछ लेना, सबका ठीक-ठीक जवाब दूंगी।

ग्रेशियानो: चलिए! यही ठीक है। मैं तो जब तक ज़िंदा रहूंगा, मुझे किसी भी चीज़ का इतना डर नहीं लगेगा जितना नैरिसा की अंगूठी खो जाने का।

[प्रस्थान]

●●●

---

1. इज़राइली लोगों को स्वर्ग से देवदूतों ने लाकर भोजन खिलाया था, जब वे लोग अरब के निर्जन मरु में फंस गए थे। यह 'पुरानी इंजील' की एक कहानी है।